三國風雲之

曹賊

卷之肆

天運三十六分

庚新 著

超合金叉雞飯 繪

卷肆

目錄

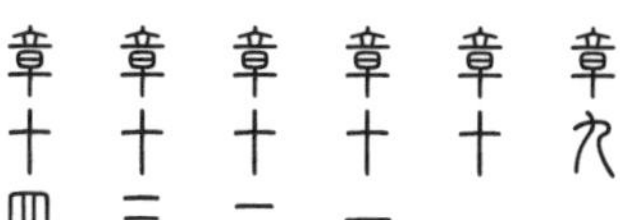

章一　初會

建安二年二月中，匪虐郎陵。

有太守滿寵親自率部平定匪禍，令汝南平靖。然而，幾乎是在同一時間，汝南郡西部督郵曹掾行經郎陵，發現郎陵長成堯，竟暗中與匪勾結。西部督郵鄧稷斬郎陵長成堯，並從縣衙中搜出成堯與江夏太守黃祖書信數封。汝南太守滿寵得知消息，立刻命人快馬趕赴許都呈報。

同時，由西部督郵鄧稷假郎陵長事，治理地方，等待許都回覆！

鄧稷是誰？幾乎沒有任何一個人知曉。這個人好像是從石頭縫裡突然蹦出來的一樣，無從追考，反正汝南太守滿寵對此人，極為信賴。

與此同時，遠在南陽郡葉縣的曹洪，收到了滿寵一封書信。

章一　初會

在看罷了書信之後，曹洪竟忍不住放聲大笑，對左右言：「伯寧已明是非，此後再有郎陵派人，一概不見。」

建安二年三月初，許都派遣使者，抵達平輿。

曹操在信中稱讚了滿寵處事果決得當，並委派前汝南太守、尚書、軍師祭酒荀攸長子荀緝為郎陵長，負責接收郎陵事宜。隨後，當荀緝抵達郎陵時，卻發現郎陵一切運轉正常，井井有條。詢問後才知道，在荀緝沒有到來之前，郎陵一直是由汝南西部督郵鄧稷負責治理。

於是，荀緝立刻前往平輿，想要拜會一下那位西部督郵曹掾。未曾想從滿寵那裡得到的答案卻是：西部督郵曹掾鄧稷，早在使者抵達之前返回許都。

「這位鄧督郵，莫非是許都人？」

滿寵，笑而不答。

荀緝有些失望，同時又有點疑惑，於是命人在汝南太守府打探了一下，才知道太守府中，竟沒有人認識這個神祕的鄧稷。

據說，自滿寵上任後，就沒有委派過西部督郵曹掾。那麼這名叫鄧稷的神祕人究竟是何人？

懷著一腔疑惑，荀緝返回郎陵，並立刻修書信一封送往許都，拜託父親荀攸打聽此人。

不過，此後荀緝就面臨一系列的變故，他甚至沒有來得及查看卷宗，否則的話，荀緝也許會發現，郎陵縣的卷宗缺失了整整十一日，而這十一日，也正是成堯私設關卡的十一天……

建安二年五月，劉表命大將鄧濟，兵出南陽郡，兵臨郎陵，荀緝匆忙應戰為鄧濟所害！

那缺失的十一天卷宗，也隨之泯沒在浩瀚如煙的歷史長河。

郎陵長被殺的消息，並未引起太多人的注意。因為在這個時候，所有人的注意力都集中在了那位死而復生、不遠萬里歸家的武猛校尉典韋身上。

距離宛城之敗，已過去了足足一個月的時間。

在這一個月當中，曹操數次派人打探典韋的消息，試圖尋找到典韋的屍體，卻一直沒有線索。甚至包括宛城張繡，也不知道典韋是不是死了。反正曹操說典韋沒回來，他自然也樂得宣稱典韋已死。為此，曹操悲慟無比！將典韋衣冠下葬，並親自前往，在靈前痛哭失聲。

二月中，曹操更把典韋長子典滿拜為郎中，還安排典滿住在自己家裡。待頭七過後，命典滿扶典韋衣冠槨返回陳留老家。這典滿剛走沒多久，估計還沒有出豫州治下，典韋竟然回來了！

以至於當曹操得到滿寵的書信時，竟喜極而泣……

章一　初會

「阿福，前面就是許都了！」

典韋勒馬，遙指正前方，話語中帶著興奮之意。

此時，正是黎明，天邊剛飄起魚肚白的光亮，朦朦重重，只見一座城市的輪廓在遠處顯現。

那，就是許都！

從黑閭澗出來以後，一路順暢，潁川治下相對還算良好，他們這一路走下來，倒也沒有花費太多的時間，趕了一夜的路後，終於抵達許都。

曹朋可以理解典韋心中的興奮，對典韋來說，許都就是他的家。只是對於曹朋而言，看著遠方城市的輪廓，他卻高興不起來，心中有一絲迷茫，說不清楚，道不明白，恍若是在做夢一樣。

許都，就在眼前，他苦苦期盼的，也就是這一天，可當他真的來到許都城下時，卻生出了莫名忐忑。

「典叔父，我們走吧。」

曹朋聲音怪怪的，但典韋並沒有聽出來，而是興奮地道：「對，我們趕快過去！」

車馬隆隆而行，眼見著距離許都越來越近。

晨光中，一座古老蒼雄的城市，出現在曹朋的眼簾中。高大巍峨，又蜿蜒起伏的古老城牆，

在晨風中默默矗立，那是許都的外城城牆。據典韋介紹，許都分內外兩城，內城為皇城，外城宛若小丘，環抱內城……曹朋前世曾參觀過許都的遺址，不過看到的，只是殘垣廢墟。

說實在話，若不是典韋在一旁，曹朋真的無法把那殘垣廢墟，和眼前這座巍峨雄壯的城市聯繫一起。

穿越一千八百年，行走於古人的時代！

這聽上去似乎很浪漫，卻總讓人感覺到有些不太真實。

深吸了一口氣，曹朋催馬，追上了典韋……

「嗚．嗚．嗚——」

嗚咽的長號聲，撕碎了黎明的寂靜。

遠處，許都城門大開，就見一隊人馬從城中衝出。那些人來的很快，如一股黑色洪流，眨眼間就到了曹朋的跟前。

為首是一個雄壯魁梧的大漢，胯下一匹黑色烏騅馬。身長八尺，腰大十圍，古銅色的面膛，額頭上還有一個醒目的痞子，看上去頗有些古怪。

在古代，如果某些人長的怪異難看，一般並不會用『醜』字來形容，大多數時候，他們會用

雄毅、果毅這等古怪的名詞，來解釋這個人的相貌不同於尋常。這既是一種習俗，也是一種禮儀。比如在三國志中形容典韋，只說他長的是相貌果毅。聽上去似乎很美好，可當你看到真人，就知道什麼叫做『果毅』。

這個魁梧男子，長的也很『果毅』。

「君明，真的是你嗎？」

大漢勒住馬，身後黑色洪流立刻止住。

他在馬上，凝神打量典韋，語氣顯得格外激動。

而典韋更是跳下馬，快走幾步，大笑道：「仲康，許老虎……哈哈哈，我典韋又回來了！」

「我就說，小小張繡，焉能壞了你這禍害的性命。」

魁梧大漢也下了馬，快走幾步，和典韋蓬的一下子，便擁抱在一起。

他比典韋略低一些，身材比典韋壯碩，魁梧。

曹朋早在典韋開口的一剎那，默默後退了幾步，讓出了一個位置。心裡面同時悄悄嘀咕：這傢伙，莫非就是那虎癡許褚嗎？

看著許褚和典韋摟在一起，曹朋不由得打了個哆嗦。這麼兩個彪形大漢，光天化日下摟的這麼嚴實，若在後世，不曉得會噁心多少人……同時，曹朋又覺得，許褚表現出來的熱情有點假！

三國演義裡面，許褚是一個忠心耿耿、武力值超高的猛將兄。

反正在當時，很多人都覺得，如果典韋還活著的話，就應該是許褚的模樣。以至於後來還有人說，三國演義裡的許褚，完全是羅貫中依照著典韋的性格勾勒出來的人物。

這並不是說許褚是虛構，因為在歷史上，許褚最後貴為武衛將軍，牟鄉侯，謚號為壯侯。所謂勾勒的說法，其實就是說，許褚在演義中的形象，和歷史並不相符。

許褚，真的有那麼開心嗎？

反正曹朋不會這麼認為……許褚是譙縣人，說起來和曹操還是同鄉。他和典韋不同，出身於一個豪強之家。史書中記載，許褚的宗族多達千人，放在東漢末年，絕對是一個不可小覷的大家族。他是在建安元年歸附曹操，被曹操稱讚為『吾之樊噲』，拜都尉，與典韋宿衛中軍。

只是由於典韋的存在，許褚一直處於被壓制的狀態。

典韋死了，他可就是宿衛中軍第一人，當之無愧的心腹。如今典韋回來了，他那宿衛第一人的地位可就保不住了……反正，如果這種事情放在曹朋身上，就算是沒有芥蒂，也絕不會這麼熱情。這也是曹朋感覺許褚有點虛偽的原因……至於許褚究竟怎麼想？曹朋並不清楚。

同樣的，曹朋也只能這麼想想，不會告訴典韋。

依著典韋的性格，他如果說出這些話，說不定會被典韋責罵，甚至說他是以『小人之心度君子之腹』，從而和曹朋疏遠。這可不是曹朋希望看到的結果，所以他也只能默默關注。

「君明，主公也來了！」

「啊？」

許褚拉著典韋的胳膊，「昨日主公接到曼成的書信，得知你今日返回，高興得一晚上沒闔眼。這不，一大早就命我前來相迎，還說會親自在許都城外迎接你回來。」

曼成，可不是黃巾賊的張曼成，而是穎陰令李典李曼成。昨日典韋一行人路過穎陰，李典也來迎接。不過當時典韋急著想要回許都，就拒絕了李典的好意，帶著人繞城而過，連夜趕路。想必是李典見迎接不到典韋，所以派人前來許都報信。

典韋聽聞曹操就在許都城外，激動不已。他也顧不得招呼曹朋等人，拉著許褚的胳膊，就往許都城下走去。

好在許褚那些部下沒有把曹朋等人丟在一旁，而是上前領著一行車馬，朝著許都疾馳而去。

黎明，曙光初現。

一群人列隊在許都城門外，正靜靜等候。

當先一個錦袍男子，身材不高，可能還不足一七〇公分。他站在最前方，不停的搓著手，神情激動。他的膚色有些黑，身材略顯臃腫，使得四肢看上去有些短小。頷下一部長髯，卻襯托出一種不凡的氣質……

典韋看到那錦袍男子，連忙鬆開手，快走幾步，推金山倒玉柱一般，撲通地跪在錦袍男子身前，「末將典韋，有負主公重託，請主公責罰！」

這人，就是曹操……

典韋的住宅，就座落在車騎將軍府的旁邊。車騎將軍，自然就是曹操。

典韋的家眷並不在許都。曹操最初起事於東郡，典韋又是在濮陽之戰以後才得到曹操的重用。所以，他的妻兒還住在陳留己吾的老家。也是典滿的年紀大了，所以才在曹操遷都後隨典韋一起來到許縣。

宛之戰結束以後，由於典韋生死不知，所以典韋的兒子典滿打算讓出這座府邸。原因非常簡單，典韋生前宿衛中軍，負責的就是警衛，保護曹操的安全，把住所安排在車騎府旁邊，也有方

便護衛車騎府的含意。典韋死了，那就必須要有人接替他原來的工作，所以從道理上來講，典滿讓出這座府邸，不過早晚的事情。

更何況，曹操已封許褚為猛虎都尉，引入宿衛，其接替典韋的意圖，非常明顯。

典滿在與家人商議之後，索性爽利的向曹操上書，說是準備返回老家，願意讓出這座府邸。

曹操沒有答應，但是卻賞賜典滿一家良田三百頃，准許典家在許都城外建造塢堡。

其實，這已經表明了曹操的態度。三百頃良田等同於補償，同時准許典家設立塢堡，也就是說，同意你老典家在許都蓄養私兵，那意思分明就是說，典韋不在了，我也會保典家一世富貴。

此時典滿已經驅散了府邸中的下人，準備著返回許都後，和許褚交接，可誰也沒想到，典韋在這個時候又回來了……

曹操為了歡迎典韋死裡逃生，在車騎府設宴，為典韋接風洗塵。

曹朋等人自然沒有資格去車騎府飲宴，所以在典韋的安排下，就帶著人先行返回府邸休息。

「好大的宅子！」

當張氏、曹楠等人走下馬車的時候，看著眼前這座府邸，不由得發出一陣驚嘆。直到這個時候，她們才算是安下心來。只看著府邸的規模，就知道典韋在許都，非同小可。

府邸佔地五頃，兩人多高的灰色院牆，與車騎府的牆垣相連。一座朱漆大門，嵌青銅泡釘，狻猊門環，足有兒臂粗細，拍打在朱漆大門之上，發出砰砰的聲響。

不用進去，只站在門外，就讓人感受到一股迫人的威壓。

曹楠喃喃自語：「這麼大的宅子，快趕上鄧叔公家的宅子十個大小。」

曹朋在一旁聽得真切，忍不住笑了。一個土豪的府邸，焉能和眼前這座府邸相提並論？不過，看著旁邊的車騎府，曹朋又覺得有些頭疼。

這裡距車騎府太近了吧！

「爹，咱們進去吧。」

一群土包子走進了這座府邸，如同劉姥姥進大觀園一樣，不時發出驚嘆。

整座府邸，九進九出，單只是第一進庭院，就佔地達三千多平方米。由三條軸線組成，中軸線有門廳中廳後廳三間，重簷樓房，兩側軸線則各有廂房十一間，廳、廂溝通；門樓壁間，樑枋柱上，鉅細間飾無閒處。

這首進宅院，主要是用來安排接待客人，廂房連通，供家僕居住。

進入二進，就能感受到非常明顯的典韋風格。

兩萬平方米的宅院，居然被典韋弄成了一個簡易的兵營，有演武場、有馬場，直通三進庭院的碎石路兩邊，各擺放一排兵器架子，刀槍劍戟、斧鉞鉤叉，是琳琅滿目、應有盡有……

王買一看這演武場，頓時樂了，「阿福，以後咱們練武，可是有地方了！」

曹朋笑了笑，「好啦，趕快把東西都放好，大家就先在前廳找地方休息。左手廂房，爹娘和姐姐，還有巨業叔、洪家嬸子居住；右手那一排廂房，就委屈伯父帶著大家先行住下吧。我看典叔父一時半會的也回不來，咱們先做飯，填飽肚子再說，具體怎麼居住，還是等典叔父回來以後，咱們再和他商議。」

大夥兒一聽，立刻興奮的行動起來。

攙扶著母親和姐姐找了一座房間休息，曹朋又取出三枚金餅子，差不多有一斤多重左右，遞給了鄧巨業夫婦。

「巨業叔，看這樣子，典校尉就算是回來了，也顧不得我們。煩勞你先把這些金餅子在城裡找地方換成大錢……伯父，你帶兩個人和巨業叔一起去吧，到時候若遇到麻煩，就報上典校尉的名號。在許都，應該還沒人敢招惹典校尉……換成大錢後，再買些糧食回來。對了，買點肉，咱們這一路奔波，也要好好慶祝一下才是。」

土復山的好漢們聞聽，頓時大聲叫好。

王猛呵呵點頭，叫上兩個好漢，趕著一輛車子，和鄧巨業就駛出府邸。

「阿福，怎地，怎地娘好像在做夢一樣？」

廂房裡，張氏、曹楠和洪娘子坐在床榻上，一個個顯得很拘謹。張氏看到曹朋走進來，忍不住詢問。

說起來，也真的如同做夢！

不久之前，她們兩母女還是階下之囚，終日擔驚受怕，不曉得前途會怎樣，可這一眨眼的工夫，她們就住進了華美的府邸。

張氏三人都是小戶人家的女人，哪見過這等場面？曹楠好像小雞啄米一樣的點頭，然後用力掐了一下自己，疼痛感讓她知道，自己並非做夢。

「阿福，你姐夫他……不會有事吧。」

曹朋笑道：「姐姐放心，姐夫他絕不會有事的。如今不比咱們在棘陽，現今，咱們也算是有靠山的人。滿寵滿太守在背後支持姐夫，再加上典校尉這一層關係，姐夫說不定會功成名就。」

章一 初會

曹楠鼻子一酸，也不知怎地，就流下了兩行清淚：「我不求你姐夫功成名就，但願他能平平安安的回來，我就心滿意足。」

洪娘子在一旁摟著曹楠。平時她挺愛說話的，可這時她卻是一句話也說不出來。

「娘，妳們在這邊休息，我就在外面，有事情叫我就好。」

曹朋說罷，便走出了廂房。闔上門，廂房裡很安靜……可是當曹朋走出幾步之後，就聽見身後的廂房裡，傳出一陣女人們驚喜的尖叫。

曹朋忍不住笑了，在廊簷下盤膝坐好。

看著進進出出的人們，看著王買、鄧範奔跑，看著曹汲帶著夏侯蘭在庭院中走動，他腦海中，卻浮現出了城門口的那一幕。

曹操！

他終於見到了曹操。

當時隔著很多人，曹朋的個子又小，而曹操的注意力都在典韋身上，所以沒有什麼交集。可曹操那種氣度、那種威嚴，足以讓曹朋記憶深刻。

掌燈時，典韋終於回來了。

看樣子他喝了不少酒，黑臉有些發紫，不過眼睛卻很亮。

曹朋驚異的發現，典韋這一頓酒下來，好像換了一身衣服。身穿虎紋單衣，外罩百花戰袍，頭頂一座虎面金冠，上插一支雉翎。

「典叔父，你怎麼換打扮了？」王買驚奇的問道。

典韋哈哈大笑，神情甚是愉悅。

而曹朋眼珠子一轉，頓時明白了其中的緣由。他也算讀了不少書，特別是鄧稷的那些拓本，曹朋基本上都翻閱過。鄧稷修的是漢律，所以對於朝廷的官職和服裝，曹朋也有些瞭解，他連忙上前，拱手道：「恭喜典叔父，賀喜典叔父！」

「咦，小阿福莫非知道？」

「看叔父這一身裝束，而且又這般高興，小侄多多少少倒是猜出了一些。想必是得了封賞……呵呵，虎賁中郎將嗎？」

典韋一怔，旋即大笑起來：「小阿福，你果然聰明……沒錯，主公意欲重設虎賁，故而封我為虎賁中郎將，宿衛車騎府。」

虎賁中郎將專門負責護衛最高領導人，麾下設立虎賁一千五百人，皆豪勇之士，選拔極其嚴格。

曹朋大體上明白，這是曹操給典韋的一個補償。畢竟此前曹操已任命許褚接任典韋的職務，如果只是因為典韋回來便撤銷他的官職，一定會引起許褚不滿。所以，曹操用虎賁中郎將為典韋正名。從品秩上來說，典韋依舊是中軍第一人，許褚雖接替了他的職務，可實際上，還要受典韋節制。這樣一來，大家都官升一級，雖保持原狀，但也算平息了尷尬。

「老王，主公如今設立虎賁，我意欲讓你出任虎賁郎將一職，你意如何？」

王猛一怔，旋即大喜，「全憑君明吩咐。」

典韋笑了笑，扭頭向曹汲看去，「曹兄弟，你在路上說，準備造刀……我這裡恐怕不太方便，畢竟毗鄰車騎府，萬一出事，會驚擾了主公。不過主公在許都城外賞賜了一座塢堡予我。不如這樣，你就在那塢堡內造刀。等周倉周兄弟他們過來，也可讓他們先在塢堡中落腳。」

曹汲躬身答應。

虎目精光閃閃，典韋目光一轉，凝視著曹朋道：「阿福，我有一事想要拜託你，不知你可願幫我？」

章二　疑慮叢生

暮春時節，夜風輕柔，空氣中瀰漫著一股桃杏芬芳，令人頓感心曠神怡。

典韋和曹朋，漫步在第三進庭院之中，欣賞這滿園的春色。這是虎賁府的前花園，面積不算太大，約有六千平方米的面積，花園中建有一座小亭，周遭栽種桃樹和杏樹，滿園花海。

「阿福，我這次回來，有些不妙。」

典韋在涼亭中坐下，拎起酒壺，飲了一口酒水，長長出了一口濁氣。

林蔭下，花海中，一條小路勾連後宅。事實上，這座更名為虎賁府的府邸，只有進入第四進宅院，才算是真正進入中堂。不過由於典家人丁單薄，所以後面幾進宅院幾乎被空置起來。

典韋有一個哥哥，名叫典循，因不良於行，就住在老家，膝下無子。典韋有四個兒子，其中

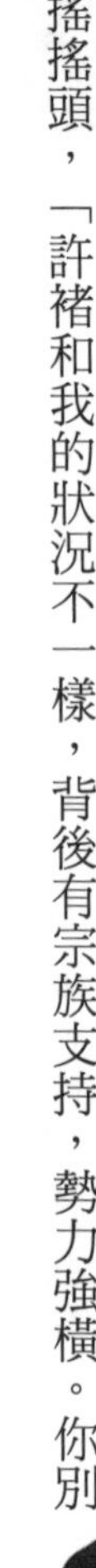

長子典滿，年十五歲，剛被曹操拜為郎中；次子典存，年僅六歲；三子典弗、四子典佑，都還在襁褓之中。

此外，典韋還有個外甥，名叫牛剛，和典滿的年紀相差不多，據說力大無窮，有霸王之勇。除此之外，典韋家中再也沒有旁人，屈指計算，連妻家共十四口人。

如果和許褚背後那上千人的宗族相比，典韋家裡還真算不得什麼。

曹朋換上了一身單薄的襜褕，坐在亭子裡，靜靜聆聽。

「叔父，怎麼不妙了？難道說，曹公懷疑你嗎？」

典韋哈哈大笑，「那怎麼可能，主公對我還是很信任，只不過……還記得今天在城外迎接我們的那個人嗎？那傢伙名叫許褚，字仲康，是譙縣人。其人勇猛異常，驍勇善戰，故而被主公讚為虎癡，曾與人說，許褚是當今樊噲。之前，主公以為我死了，所以讓許褚接任宿衛……可現在我又回來了，許仲康的位子就顯得很尷尬，主公無奈，封我為虎賁中郎將。」

原以為典韋不清楚，可現在看來，這傢伙心裡明白得很。

「這不是挺好嗎？」曹朋故作不解，疑惑的問道。

「好嗎？」典韋苦笑搖搖頭，「許褚和我的狀況不一樣，背後有宗族支持，勢力強横。你別看他五大三粗，可為人卻非常精細。以前他被我壓著，那是資歷不夠……如今，他未必會服我，哪怕許仲康服我，他身後的家族也斷然不會就此罷休。許褚自投奔主公以來，素以豪爽而著稱，所以和很多人交情深厚……在這一點上，我的確是比不得許褚的精明。」

曹朋沉默了。典韋這是要向自己問計？

正疑惑間，就聽典韋開口道：「阿福，我求你的事情，其實很簡單。這幾日，許都定不會平靜，阿滿回來以後，我怕他受人挑唆，惹出禍事。」

「不平靜？」

典韋點點頭，仰頭把酒壺裡的酒水喝光，「你以為許褚真的會心甘情願做我幫手嗎？主公命我重組虎賁軍，他或者他身後的族人，斷不會讓我放手施為。那傢伙明地裡也許不會動手，但暗地裡給我耍花招，卻輕而易舉。」

「此話怎講？」

典韋輕聲道：「許褚和潁川幾大世族，往來密切。荀氏、陳氏，乃至於鐘氏，皆和他交情深厚，而我在許都，除主公之外，就再也沒有人可以求助。」

「重組虎賁，是曹公之意？」

典韋一怔，點了點頭。

曹朋笑道：「那你怕什麼？有主公支持，足夠了！許褚背後雖有穎川世族，可典叔父你也可以拉攏盟友嘛。」

「我？」典韋連連搖頭，「那斷然不可。主公信我，就因為我從不朋黨。如果我變了，那一定會影響到主公對我的信任。阿福，你不用擔心我的事情，許仲康雖然厲害，我還不懼。」

「我不是要你朋黨，而是讓你透過主公徵召虎賁。」

「透過主公徵召？」

曹朋笑道：「曹公的族人，能征慣戰者眾多。且不說曹仁、曹洪將軍麾下精兵眾多，就是夏侯惇、夏侯淵兩位將軍的帳下，同樣有能人無數。許褚虎衛皆以他族人為主，而典叔父你若想壓住他，就必須從曹公身邊的人下手。徵調豫州精兵，從中抽選虎賁，就算許褚背後有穎川世族支持，又能如何？而且，你還可以通過這次徵調兵馬，趁機拉近曹公族人的關係。我想，曹公也不會懷疑你有私心，說不定還會因此感激你……」

典韋聞聽，沉吟片刻後，輕輕點頭，「不過，我還是擔心典滿出事，他回來以後，我想讓你照拂他一下，怎麼樣？」

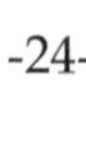

曹朋瞪大眼睛，「我照拂他？」

來許都時間不長，但曹朋多多少少也聽說了一些典大少爺的事情。那可是個脾氣暴躁、好爭強鬥狠的主兒，萬一自己惹怒了這傢伙，豈不是給自己找麻煩嗎？

可問題是，典韋提出來了，曹朋也不好拒絕。猶豫了一下，他輕聲道：「既然叔父看得起我，我一定盡力而為。」

「那樣就好，那樣就好！」

典韋見曹朋答應，不由得長出了一口氣。

「對了，我打算隨我爹一起去塢堡居住，不知可否？」

典韋卻沒回答，而是反問道：「阿福，你老實告訴我，你爹……曹兄弟他，真能造刀嗎？」

曹朋一笑，「我爹有祖傳祕法，因懼人嫉妒，一直不敢暴露。典叔父只管放心，我爹不但能造刀，而且還能造出好刀……只不過，要造出好刀，還需典叔父多多幫忙。」

「那沒問題！」典韋拍著胸脯保證。原先曹汲和他提起造刀的事情時，典韋還有些不太相信。可現在，聽曹朋也這麼說，他立刻放下心來。原因？典韋也說不上來。反正，他願意相信曹朋，「你要我怎麼做呢？其實，曹兄弟如果真的能造出好刀來，怎麼樣都沒有問題。」

「不，造刀容易，可成名卻難啊！」

「什麼意思？」

「我是想讓我爹入諸冶監，但苦於沒有名氣，即便是進去了，也難得曹公看重……即便是典叔父你向曹公推薦，我估計這效果也不會太大。既然如此，我想借這造刀的機會，為我爹揚名。造刀的事情，自有我爹來解決，可一些場外的事情，我還想請叔父幫忙，協作一把……若此事能成，叔父也可在曹公面前立下大功。」

典韋眼睛一亮，「怎麼做？」

曹朋起身，伏在典韋耳邊低聲細語：「明日，你就如此這般……」

典韋先是眉頭緊蹙，漸漸的，臉上露出了一抹笑意。他瞇起眼睛，輕輕點頭。良久後，典韋突然大笑起來，「阿福，你這主意，可當真絕妙至極。」

曹朋施施然坐回去，臉上露出燦爛笑容。

與此同時，車騎府大堂內。

曹操側臥榻上，一雙丹鳳眼半瞇著，聆聽下人們的彙報。

「和典中郎一起來的那夥人，聽口音是南陽郡人，但並非宛城地方的口音。典中郎在府中飲宴時，他們去了典中郎的家裡。隨後有幾個人駕車出去，在城西門內的一家商戶裡，兌了兩錠金餅，共七百二十餘貫……那家商戶沒有問題，本是曹大夫家中的一處產業，主事的也是曹大夫家裡的賓客；六塊金餅，重約九斤，問題也不大，是市面上流通的金餅。」

「那就是說，這一家人沒有問題？」

「應當是沒什麼大礙……這些人一共是三家。其中以主公本家姓為主，家長名叫曹汲，據說是個鐵匠。有一個兒子，叫曹朋，很聰慧……此外，其女婿鄧稷，是棘陽鄧村人，原本是棘陽縣一個小吏，按照滿伯寧的說法，這個人很有才幹。此外，還有父子兩人，姓王，是曹家的鄰居。不過聽說，這王姓父子的本事似乎不差，手底下還有十幾個隨行扈從。」

「隨行扈從？一個鐵匠的鄰居，哪裡來的隨行扈從？」

「滿伯寧的人說，那王猛原本在南陽郡做山賊，後來不幹了。這次不知怎地，又和那些山賊會合一處，跟隨典中郎來到許都。」

曹操手指輕撚鬍鬚，沉吟許久後，道：「立刻派人前往棘陽，打聽一下這些人的來歷。」

「那是否還要給曹家封賞？」

曹操想了想，笑道：「為什麼不給？明天派人過去，賜他們黃金百鎰、錦帛三十匹、粟三百斛。不管是真是假，他們總算是救下了君明。我有君明，此後可深夜熟寐，不復警醒了。」

「那典中郎……」

曹操擺手笑道：「君明那邊就不必再查了。我知道君明這個人，斷然不會做那背主之事……不過他和仲康之間，終歸是要分出一個高下。」

「喏！」

曹操擺手，示意那人下去。他從床榻上坐起，拿起一卷書，就著燭光閱讀。

片刻後，曹操又放下書，站起身來，慢慢踱步走到門口。

夜色深沉，他手撚鬍鬚，彷彿自言自語道：「君明，你若不負我，我也斷然不會負你……」

建安二年二月，袁術迷信方士張炯所獻符命，以為自己上應天命，於是在壽春稱帝，自稱『仲家』，以九江太守為淮南尹，設置公卿百官。

三月初，袁術依天子之禮，郊祀天地，正式稱孤道寡。

袁術，汝南袁氏子弟，是袁紹的弟弟。但因是嫡出，所以對袁紹一直不太服氣。

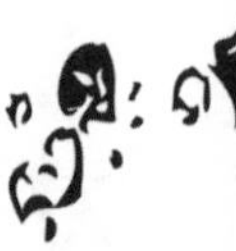

兩兄弟雄霸南北，相互間並無太多聯絡。袁紹得知袁術稱帝之後，在第一時間便表示反對，並宣佈與袁術劃清楚界限，頗有大義滅親的意思。

畢竟，割據一方，尚還可被人接受，可一旦稱帝，就如同造反。

袁氏四世三公，等同於生生毀在了袁術的手中。袁紹若不表明立場的話，勢必為天下人所棄。如今雖說漢室衰頹，可漢室的氣運尚在，哪怕所有人都心懷叵測，可誰也不敢第一個站出來，槍打出頭鳥的道理，大家都清楚，袁術這個時候稱帝，頓時成為天下人眼中的逆賊。

早年間，曹操和袁家兄弟關係不差，在得知袁術稱帝的消息之後，他立刻派人前往壽春，試圖說服袁術收回決定。

曹操奉天子以令諸侯，而袁術形同造反，曹操自然可以出兵征伐。只不過，宛城之敗剛過去沒多久，曹操著實不敢在這個時候出兵。但是否能說服袁術？曹操也不知道。這不過是他拖延時間的一個手段罷了。

暮春三月，霏雨綿綿，一連十幾日不見天晴，許都城外的花紛紛被風吹落，狼藉一片，曲折的大路上，濕涔涔蔓延緋紅粉白，城門護城河外的一派虯松，在朦朦雨水中透出蒼雄之氣。

疑慮叢生

一隊車仗，從大路盡頭行來，車輪碾壓著泥濘的地面，發出嘎吱嘎吱的聲響。越來越近，當抵達許都城外的時候，門卒上前阻攔……

「什麼人？」

當先是一個獨臂青年，生的很清秀。他從馬上下來，微微欠身道：「我等是奉典中郎之命，採買而回。」

說著話，獨臂青年取出一枚令牌，遞給門卒。令牌以青銅鑄造，上面雕鏤有猛虎紋路，整體顯得非常粗豪，正面一個『典』字，背面雕鏤『虎賁』兩字。

門卒看清楚了令牌上的字樣，不由得嚇了一跳，對青年的態度隨之恭謙許多，甚至有些諂媚，恭敬的說：「請先生稍等，小人去去就來。」

他拿著令牌，走到門伯身邊，遞了過去。

門伯看清楚以後，也連忙趕過來……

這一次，他不是想要為難對方，而是清點車仗，準備放行。

不過，當他看到幾乎沒入泥濘中的車輪後，不禁心裡奇怪。這車裡面究竟擺放了什麼東西？

他下意識的看過去，卻發現車仗上面，均被覆蓋黑布。一共三十輛……

典韋在許都，是出了名的清廉，家中也沒有什麼產業，除了許都城內的一座府邸之外，只有在許都外的三百頃土地和一座塢堡。一下子買這麼多東西？難道典中郎要在許都做生意不成？

「先生，這車上都是些什麼？怎地看上去如此沉重？」

獨臂青年微微一笑，「不過是些普通山貨罷了。」

誰家山貨能把車仗壓成這個樣子？

門伯心裡面暗自嘀咕，卻沒有勇氣過去查看。

誰都知道，典韋甚得曹操信賴，新升任虎賁中郎將，是正經的曹操心腹，就連那些世家子弟，也沒有典韋得寵信。而且，典韋是出了名的脾氣暴躁，動輒就會報以老拳，誰敢招惹？

算了，他愛幹什麼，就幹什麼，輪不到我這等小人物操心。

門伯想到這裡，便擺擺手，準備放行。

三十輛馬車吱嘎吱嘎的往城裡走，獨臂青年則取出一個錢袋子，扔進城門口的木箱中。

這箱子，是收取城門稅所用。

城門稅的主要目的，就是為了增加稅收的一條途徑。曹操迎奉天子到許都以後，修繕都城，發放百官俸祿，以及供奉漢帝種種所需，花費頗大。單憑以往的稅收，很難達到收支平衡，於是

章二 疑慮叢生

曹操開設城門稅，其主要徵收的對象，就是大宗商貨，進出的貨物越多，徵收的稅金越大，而那些小商戶們也沒有受到太大的影響。

獨臂青年交納的稅金差不多二十貫。他這種行為也表明，這三十車貨物的用途就是商業。不曉得，裡面究竟裝的是什麼？

人就是這樣，越是不知道，就越是好奇。

門伯有一句沒一句的和青年閒聊，看著車隊往城裡走。嘎吱，嘎吱，車輪碾壓地面，發出刺耳聲響。鋪在路上的碎石，因承受不住車輛的重量，碎裂飛濺。

突然間，一輛車子轟然倒塌，那車軸有點承受不住，突然折斷……

車上的貨物，頓時散落一地。

門伯瞪大了眼睛，因為他發現，這馬車上裝載的居然全都是黑色石頭。

「這是……」

獨臂青年臉色一變，連忙上前大聲喝罵。一干車夫忙不迭收拾殘局，並有人從城門外的車馬驛中租來三輛馬車，重新裝載那些黑色石頭。

「先生，這些是……」

「這個……叫做玄鐵石，是典中郎命人搜集而來。」

「玄鐵石?做什麼用?」

「當然是用來造刀。」

門伯的臉色，頓時又一變。

如今天下大亂，曹操對鹽鐵控制的極為嚴格。典韋，要造刀嗎?

「此事，你心裡清楚就是，切莫傳出去。」青年正色警告。

不過，門伯還是忍不住多問了一句:「典中郎，要造刀?」

青年神神祕祕的向四處打探一下，輕聲道:「典中郎從南陽找來了一位隱世大匠，準備為典中郎造刀……聽典中郎吩咐，似是有大用處。此事你嘴巴定要嚴一些，否則典中郎唯你是問。」

門伯嚇了一跳，連連點頭，心裡面卻暗自叫苦:你在城門口翻車，不需要我說，估計這會許都城裡已經傳開了吧。

「典韋買了許多黑石頭?」

許都城西里許坊市中，幾名文士正臨窗而坐，竊竊私語。

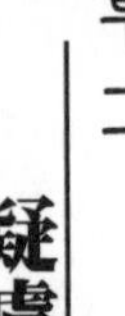

章二 疑慮叢生

這西里許，在後世應該屬於商業區性質，商戶林立，酒樓相連。整個許都分四里，東里和南里緊鄰皇城，屬於官宦世族、皇親國戚居住之所；西里是商業區；北里則是普通民眾所住之處。

「文公，你說典君明買那麼多黑石，是何用途？」

說話的是一名文士，一身青衫，手持團扇，一邊輕搖，一邊詢問。看年紀大約在四十多歲，白面黑鬚，劍眉朗目，風姿華美，儀表不凡。

這個人，就是魯國名士孔融。

而他詢問的那人，年紀看上去比他小一些，大概三十多，不到四十的模樣。身材很魁梧，膀闊腰圓的，在一群文士當中，顯得格外搶眼，濃眉大眼，膚色古銅，頜下一部短髯。

「這個……我怎能知道？」文公搔搔頭，笑著道：「典君明也許是想給家裡添幾分雅致？」

「哈，你倒是說笑，典君明……幾塊黑石就能雅致嗎？」孔融不由得大笑，言語中，似乎對典韋頗為不屑。

「文舉公這話倒是不差，典韋此人從不重這些東西，素以豪勇而聞名，要那雅致作甚？」

說話的，是一個年輕書生，年紀大約在二十六七，身材瘦削，略顯單薄，面孔有些蒼白，一雙若星辰般璀璨的眸子，極為有神。

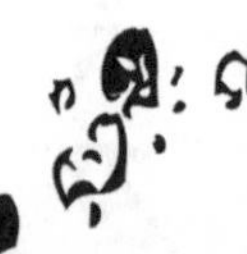

「奉孝，你以為呢？」孔融問道。

相貌清秀的青年，聞聽一笑，「只怕這典君明，是要為七月間的二虎相爭做準備吧。」

曹操任命典韋做虎賁中郎將，讓他組建虎賁軍，同時還發出一道命令，要虎賁軍和許褚的虎衛來一場比武。

誰都知道，許褚的虎衛是以許氏宗族為主組成的一支精兵，而典韋則是上書曹操，決意從曹魏軍中抽調銳士，組建虎賁。

以戰鬥力而言，典韋組建的虎賁未必輸給許褚，但畢竟臨時組建，想要和那些培訓已久的許氏虎衛相爭，時間上似乎有些不足。所以許都城中，許多人都開始討論，四個月後，虎賁和虎衛，誰能勝出。

孔融笑道：「依我看，就算典君明組建起了虎賁，也勝不過許仲康。」

「所以，典中郎才要做準備啊。」

文公愣了一下，突然想起了什麼，一拍手，「難道說，典君明想要造刀？」

「造刀？」

「我早年曾讀過一卷書，言西域有奇石，色烏……百煉可成神兵，能削鐵如泥。典韋買來的

那些黑石，莫非就是西域奇烏？如果他能煉出一批好刀來，許仲康可未必是他的對手……」

孔融微微一怔，露出沉思之狀：「西域奇烏？」

青年眼中閃過一抹精光，「可只有四個月的時間，君明能打出神兵嗎？」

文公想了想，笑了：「那定然不可能……即便是有西域奇烏，想要造出好刀來，根本不可能。一口好刀，所需條件甚為嚴苛。不僅僅是材料的條件，還要求鑄師記憶超群。據我所知，就算是歐冶子重生，也未必能在三個月內打造出一批好刀來。依我看，典君明是病急投醫，已亂了方寸。」

青年說：「那如果典君明身邊有高人在呢？」

文公搖搖頭：「不可能，當今幾大鑄師，我大都知曉名號。這些人或是被各地諸侯控制，或是歸附於高門大閥。就許都而言，最好的鑄師都集中在諸冶監裡。就算是典韋請那些人出手，也不可能在四個月中成功。」

青年眼珠子一轉，解下腰間的白鹿皮兜子：「這裡面有黃金三鎰、銅錢二十貫……我與諸公做賭，賭那典君明能造出好刀，如何？」

孔融大笑道：「奉孝，你這是送錢與我們啊。」

「文舉公，賭不賭？」

「賭！」孔融立刻回應，「這必贏的錢財，我焉能不賭？」

而文公，卻沒有說話。

青年又喝了幾杯酒水，便起身告辭。

待青年離開後，孔融拉住文公，「文公，你真確定，那典君明打不出好刀嗎？」

文公想了想，「據我所知，一口好刀無年餘光景，難以造出，更別說在四個月內，造出一批好刀。只是我看奉孝篤定，也有些猶豫。文舉公，這年月奇人高士很多，如果典韋真的……」

他沒有說完，但言下之意已表達的很清楚。

孔融一蹙眉頭，自言自語道：「莫非，那典君明真的請來了高人嗎？」

章二　名，妙不可言（上）

許都，虎賁府。

鄧稷押送著三十輛馬車進入府中，直接把那三十車的石頭，倒進了後院裡的一個塘子裡面。

「阿福，你這是搞什麼花招？」

典韋看著那滿滿騰騰一塘子的石頭直皺眉。

石頭落進池塘，立刻把池塘裡的水染成黑色。原來，所謂的黑色石頭，不過是把普通石頭用墨汁染成黑色罷了。

看著黑乎乎的池塘，鄧稷也是一頭霧水。

他在郎陵等到周倉之後，就收到曹朋的一封書信。書信裡說，讓他帶三十車石頭回許都，並且要把石頭染成黑色。

同時，曹朋還在信裡，教給鄧稷一個說法。

說實話，鄧稷搞不清楚曹朋在想什麼，總覺得你造刀就造刀唄，玩這些花招做什麼？

而曹朋卻露出高深莫測的笑容，「天黑後，把這三十輛車裝滿，再送出城，運到塢堡裡。」

「啊？」

「不用這些石頭，只要看上去是滿的就行了……總之，我們要製造出一種假象，讓所有人都以為典叔父要用這些玄鐵石造刀。只要達到這個目的就可以了，其他你們不必費心。」

典韋等人看著曹朋，搖搖頭，表示完全不明白。

曹朋笑道：「我估計這個時候，外面都已經傳開了。接下來會有人問你們請了誰來造刀，典叔父你可千萬不要說出去，不管是誰問你，你只需要說：沒這回事。」

「啊？」

「這叫做欲擒故縱。三十車玄鐵石擺在那裡，你就算是否認，也不會有人相信。」

「那幹嘛還要否認？」

「因為你越是這樣，他們就越是不相信。越是不相信，就會越想知道……然後你可以在某次

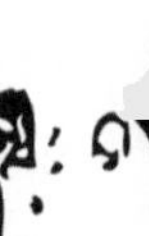

醉酒之後，裝作是無意中說漏了嘴。典叔父，作戲你會不會？你就說從南陽請來了一位隱世高人，就可以了……除此之外，叔父什麼話都別說。如果曹公詢問，你也這麼回答就是。」

「這豈不是要我欺瞞主公？」

曹朋正色道：「典叔父，我爹是不是要造刀？」

「呃，沒錯！」

「他是不是和你說，要在三個月裡，造出三十口斷三割的好刀？」

典韋想了想，「是。」

「那三個月之後，我爹只要交出三十口好刀，不就可以了嗎？這是事實，哪算得上欺瞞？」

典韋搔搔頭，曹朋說的似乎也有道理。

鄧稷忍不住問道：「可你弄那什麼玄鐵石的把戲，又是什麼意思？」

「呃，我只是覺得，玄鐵石聽上去比較威風。」看著鄧稷那一臉的鬱悶之色，曹朋笑得非常開心，「姐夫，作戲要做足。再說，我之所以這麼大張旗鼓，其實是為了四個月後的演武。」

「哦？」典韋一聽，頓時來了興趣。

「你打算怎麼做？」他好奇的看著曹朋，「就算造出三十口好刀，也不夠我軍中分派啊？」

「這個嘛……天機不可洩露！」

曹朋神神祕祕的一笑，讓典韋更摸不著頭腦。

當晚，曹朋隨鄧稷押著三十輛車，自許都北里離開，進駐塢堡之中。

周倉帶著一百多名土復山的好漢，也隨行進入。此次他返回土復山，把情況和土復山的那些好漢們說了個清楚。大部分人都願意隨周倉投奔典韋，畢竟總掛著一個山賊的名號也不太好聽，能有個正經的出身，是一樁求之不得的事情。只是有些人故土難離，加之對曹操不太瞭解，所以在思忖良久之後最終決定留在土復山，繼續做山賊這份很有前途的工作。

為首者，名叫杜飛，汝南人，跟隨杜飛的有八十多人，並且還有一部分家眷，也留在山裡。

大家好聚好散，周倉也沒有勉強。

「杜飛原本並不是渠帥的部曲，所以對渠帥有點不太相信。」周倉說：「此人原本是汝南道眾，是張丈八的手下。後來張丈八戰死，汝南道眾便散了……說起來，土復山還是此人先佔居。後來我帶著一幫兄弟過去，蒙此人收留，才算穩定下來。他不願意過來，我也不好說什麼……畢竟一場兄弟，我總不成為此就要對他下死手不是？」

王猛讚賞不已，點頭讚道：「老周仗義！」

他想了想，對周倉說：「典中郎如今榮升虎賁中郎將，正在招兵買馬。我得中郎將看重，如今在虎賁軍中忝為郎將，也算是有了前程。老周，你不如隨我一同去虎賁，搏他個功名，如何？」

周倉沉吟片刻，「我還是再等等吧。朝廷裡的事情，我到現在也沒弄太明白，倒不如暫且留在這裡，看看狀況。而且虎賁軍責任重大，規矩肯定不少，我這性子有些野慣了，恐怕受不得那拘束，倒是那些弟兄，若渠帥看著可用，不妨為他們尋個前程。我暫且等等看，若實在不行，就去汝南找魏兄弟。」

周倉不願意做虎賁？

曹朋愣了一下，偷偷打量周倉一眼，但並沒有開口。

王猛倒是沒有強求，只笑了笑，「既然兄弟有打算，那我就不勉強了！」

說完，就把這事情放到一邊。畢竟人各有志，周倉不願意留在許都受約束，也是人之常情，只是王猛覺得有些可惜周倉那一身的好武藝。

周倉，神色如常……

「阿福，你爹已鑄好鐵爐，一應材料也都備齊，準備明日開工。」王猛掉頭對曹朋說：「你呢，現在穩定下來了，有什麼打算？」

曹朋笑了笑，「先幫我爹準備造刀，等這樁事情結束了，再說其他的事情。閒暇時，隨姐夫讀讀書。龐師贈我的幾部書，我還沒有讀完，此前諸事纏身，如今正好可以慢慢的品味。」

「讀書好，讀書甚好！」鄧稷一臉欣慰之色。

說實話，他挺擔心曹朋。

在鄧稷眼中，曹朋有著非凡的大局觀，甚至連自己都比不上。比如，宛之戰時，當所有人都認為曹操必勝的時候，惟獨曹朋說出了曹操必敗的言語，而且對此後的種種把握，也非常得當，若好好讀書，將來必然能成就大器。

鄧稷最害怕的就是曹朋生出自滿之心，以後不求上進。現在看來，這種擔心似乎沒有必要，曹朋既然願意繼續讀書，那說明他的頭腦非常清醒。

典韋準備造刀，以便應對四個月之後的演武！

在短短一天內，消息就傳遍了許都，甚至連曹操都聽說了。以至於第二天曹操笑著詢問典

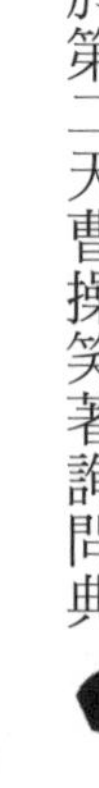

韋，從典韋口中得到了準確的答案。

典韋要怎麼造刀？

誰又為典韋造刀呢？

一時間，眾說紛紜……

那三十車西域奇烏，給許褚帶來了巨大的壓力。別的不說，如果典韋的虎賁軍真的配備了上等好刀，那麼演武之時，必將面臨巨大的威脅。

「仲康，聽說典君明請來南陽奇士造刀，你可聽說了？」

許褚的哥哥，名叫許定，字孟康。得知了消息後，他便立刻趕到許褚家中，一進門便急急詢問。

許褚沉著臉，點頭道：「今日主公也曾詢問，君明也沒有否認。只是，距離演武不過四個月，他沒可能造出什麼好刀啊。我覺得這問題的關鍵，就出在為他造刀之人的身上。」

「怎麼說？」

「他這次在南陽死裡逃生，莫非真遇到了什麼高人？」

許定撓撓頭，在許褚身前坐下：「你說，會不會是典韋耍的花招呢？」

「不可能！」許褚立刻搖頭，「君明這個人的脾氣，我也算有些瞭解。他是個直腸子人，不太會耍花樣。再者，他就算騙誰，也不可能去欺騙主公。所以我認為，他九成是要造刀。」

也許，許多人不理解，不就是造刀嗎？何至於這麼大的陣仗？

東漢末年，繯首刀的確已經開始普及，但大部分繯首刀都是粗製濫造，質量算不得上乘，而一口好刀，可以提升百分之二十的戰鬥力。

可問題在於，這好刀是可遇而不可求……典韋弄來了那麼多的『玄鐵石』，看上去是要大批量造刀。畢竟玄鐵石，也就是別人口中的『西域奇烏』，是造刀的上等材料，這一點已經被人肯定，加之典韋有承認是要造刀，自然會被許多人關注。但其實，他們關注的是，誰造刀？

如果這世上真有這麼一個人，能在短時間內批量造出好刀，絕對會被各方人士拉攏。

可是，這個人究竟是誰？

目前還沒有人知道……

就在許褚和許定商議的時候，有家人前來回報。

「大爺、二爺，小人已經打探清楚。典中郎昨夜命人將西域奇烏送進了城外塢堡……據小人打探，那塢堡原本是被空置，也就是在前不久，住進去了一批人。據說，是救典中郎的那些人，而且其中一個，好像就是個鐵匠。」

「鐵匠？」許褚眼睛一亮。

許定忙問道：「可打聽出那鐵匠的名字？」

「好像是姓曹，叫什麼一時間還沒有打探出來。塢堡那邊全都是典中郎派去的人，守衛森嚴。小人之所以能打聽出來，還是因為不久前有人進去塢堡，幫裡面的人修建鐵爐。據說那鐵爐的式樣非常奇怪，不過是用來鎔鐵，絕對沒錯……小人準備過幾日，再設法打探消息。」

「姓曹？」許定向許褚看去。

許褚想了想，點點頭說：「好像救君明的人裡面，的確是有姓曹的。也怪我當時沒有留意，這一下子也想不起來叫什麼名字……哥哥，這麼說來，君明造刀的事情絕不會有假。這傢伙運氣可真好，非但沒死，還找來了一個造刀的好手。哥哥，如果虎賁軍配備一批好刀的話，恐怕我的虎衛，還真未必是虎賁軍的對手！怎麼辦？」

「先弄清楚，這個姓曹的叫什麼。」許定輕聲道：「至於演武，還有些日子。咱們慢慢打聽，看典君明究竟能否造出好刀來！」

章二

名，妙不可言（上）

曹汲？

曹汲是誰？

許都城裡，不知是從什麼時候開始，流傳起一個從未聽說過的名字：曹汲。

「說起來，我有幸見過這個曹汲。這傢伙身長八尺，腰闊十圍，端地是一條好漢，生的好相貌。」西里許的酒肆中，一個青皮正口沫橫飛的吹噓著。

「這個人，是什麼來歷？」

「說出來你們不信。這個曹汲，據說是戰國鑄兵宗師歐冶子的後人，造刀之術極為了得。」

「我呸！」一個酒客道：「一個姓歐，一個姓曹，怎麼可能？」

「說你孤陋寡聞你還不承認。戰國到現在多久了？說不準中間出了什麼事，就改姓曹嘍。」

「聽你胡說八道。」被反駁的酒客冷笑一聲，甩袖離去。

他剛走，立刻有人過來坐在了他的位子上，「說說，說說，那曹汲真的能造出寶刀？」

「廢話，曹宗師築爐的時候，我爹去幫過忙。回來以後對我說，曹宗師築的鐵爐，明顯和普通人的不一樣，而且還有很多稀奇古怪的工具在那裡。我爹說，那鐵爐棚下，放著一溜木桶，蓋得嚴嚴實實，隱隱有奇香撲鼻。我爹說，那桶裡面裝的，就是曹宗師的獨門密法。」

「有這種事?」

「不信你去打聽嘛……築爐那幾天，又不只是我爹一個人。」

「可我怎麼聽說，曹宗師不是歐冶子的後人?」一個酒客走過來，湊熱鬧的說著。

「不是歐冶子的後人，那是哪個?」青皮三角眼一瞪，閃爍凶光。

酒客卻絲毫不懼，冷笑一聲說:「我可是聽人說了，那曹宗師乃隱墨鉅子……否則焉能造出那許多的奇物。」

酒肆一隅，兩個男子正默默飲酒。其中一個青年聽到這句話，噗的一聲，一口酒噴出;坐在他對面的男子，大約三十出頭，被噴的滿頭酒水，但臉上卻有一種強抑的古怪笑容。

「奉孝，咱們走吧。」

青年連連咳嗽，笑道:「正好，我亦有此意。」

兩人扔下銅錢，起身走出酒肆。

「這幾天，曹汲這個名字，還真有些響亮啊!」

年長男子笑了笑，搖搖頭說:「看起來，君明身邊來了高人。」

「哦，文若你也看出來了?」

「這我若看不出來，那豈不是白讀了聖賢書？只是，我覺著典君明這麼做，好像不是為以後的演武做準備，倒更像是為這個曹汲打名聲……君明估計是想不出這等主意，他身邊一定還有其他人。不如這樣，咱們一起去拜會一下君明，順便見一見這個給他出主意的人？」

青年立刻同意，贊同的說：「君明回來後，咱們還沒去拜訪過。我亦想找他痛飲一番。」

兩人一邊說話，一邊朝著虎賁府走去。

「文若，你以為惡來與虎癡，誰能為宿衛第一人？」

「此前我還是看好虎癡，但現在……如果惡來身邊真有能人相助，估計虎癡未必能勝。」

「可文舉他們……」

「主公已嚴令各家不得協助，可文舉還鼓動各家阻止典韋招攬虎賁。只是他沒有想到，君明根本就沒打算在許都招兵，而是直接從各路人馬中抽調銳士，文舉得不償失啊。」

青年深以為言，連連點頭。

距離許都北門二十里，有一座山，名龍山。

潁水自此曲折繞行，形成了一個巨大的河灣。由於常年河水沖刷，帶來了上游大量淤土，將

這河灣沖刷成近千頃的良田，其中有三百頃，是曹操賜予典韋名下。

不過，典韋只享有這三百頃土地的收成，實際操作則是由曹操委派的典農校尉棗祗負責。

三百頃良田的收入有多少？典韋並不清楚。依著他的性子，夠花就可以了！

真正屬於他的產業，還是建在龍山腳下的那座塢堡。

六丈高，五丈寬的塢堡高牆，猶如一個小型的軍事要塞，一俟發生兵禍，龍山周圍的百姓，可以躲入塢堡避難。換句話說，典韋得了這座能容納千人的塢堡，同時擔負起龍山周遭的安全。

日當正午，塢堡的爐棚內，正熱火朝天。

『隱墨鉅子』曹汲，正指揮人手忙碌。

「夏侯，繼續鼓風，爐溫還不夠，還不夠……」

夏侯蘭這時候也沒有了當初的文雅，光著膀子，握緊拉桿，不斷地推拉風箱，向鐵爐鼓風。風箱拉扯，發出巨大的聲響，鐵爐中的火焰竄起老高，使得爐棚裡的溫度，驟然間提升許多。所有人都是汗流浹背，一個個光著膀子。

「夏侯，你歇一下，讓我來。」

周倉袒露一身黑黝黝的強健肌肉，汗水滑過，使他那猶如鐵塊鑄成的身體，閃閃發光。一頭

長髮披散著，他跑上前，讓夏侯蘭閃開。

夏侯蘭經過剛才的一陣鼓風，也是累得氣喘吁吁。

「朋兒，換錘！」

曹汲從鐵爐中鉗出一塊刀胚，從曹朋手中接過了大錘。只見他掄圓了錘子，渾身的肌肉隨著他的動作，極有韻律的跳動。鐺的一聲，鐵錘落下，火星四濺。

叮叮噹噹的聲響，如雨打芭蕉，曹汲足足打了一盞茶的時間，將一塊生鐵嵌進刀胚，重又投入鐵爐。

「朋兒，你那邊打出幾塊刀胚了？」

鐵爐旁邊還有一個小爐，是專門用來打造刀胚所用。

曹朋也光著膀子，把一塊通紅的胚子放在砧板上，手中握著一支大約十餘斤重的鐵錘，乒乒乓乓的鍛打。

打胚其實並不算太難，只要掌握住火候還有鍛打的節奏皆可，但這麼一項簡單的工作，需要充沛的體力，以及足夠的力量，這點從曹朋、王買和鄧範三人手中鐵錘的重量，足可看出端倪。

鄧範的錘子重四十餘斤；王買的錘子重三十八斤；而曹朋手裡的鐵錘，不過十三斤而已。

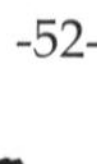

錘子的重量雖然不同，卻不會影響刀胚的質量。打胚，講求的是力度，只要力度夠了，刀胚就沒有問題……用再重的錘，力度掌握不好，也等於白費。

就這一點來說，曹朋的鐵錘雖然輕，可是力度的掌握，卻勝過鄧範和王買。

他光著膀子，滿頭大汗，黑髮盤在頭頂，汗珠子順著臉頰滑落……不知不覺，曹朋的身體與他剛重生時的狀況已大有不同。身體還是有些瘦小，但比從前結實許多，以前，曹朋身上幾乎沒肉，而今，已經隱隱約約顯出了肌肉群的輪廓。

曹朋的呼吸方式，有些特別，就是後世所謂的逆腹式呼吸法。

與自然式呼吸法不同，逆腹式呼吸法，一改重視吸氣為主的常規呼吸操作中心，強調的是以呼氣操作為主。更重要的是，逆腹式呼吸法將呼氣的操作，與調動內在氣息的運行結合一處，透過呼氣的過程，推動和把握內在氣息運行的動力和技巧，是後世武術界常用的一種手段。

所謂的內在氣息，就是內在的生命能量。

能量，無形無色，既不能被看見，也不能被聽到。呼吸鍛鍊過程中，內在的氣息也是如此。但身體的內部感官，卻能夠感受到這種氣息的運行。

在中醫學裡，就是『內氣』。如果再解釋的簡單一些，也可以稱之為潛能。

逆腹式呼吸法的作用，就是進一步激發出人體的潛能。

曹朋與其說是在打刀胚，倒不如說是藉由打胚來激發潛能，錘鍊身體。

口中默默唸叨著擊打刀胚的次數，差不多到一百零八下，他停下來，把刀胚鉗起，丟進鐵爐，然後在庭院中慢慢行走，待氣機平和，體力回復後，再返回爐棚中繼續。

每天大約兩個時辰的鍛鍊，曹朋可以明顯的感受到，五臟氣血的強壯。當然了，除了日常修行之外，還需要足夠的食物和營養來補充體力。不過這一點，對於曹朋來說，已不成問題。

「朋兒，差不多了，你們幾個先去歇著，明天繼續鍛打。」

曹汲看活兒已經做得差不多了，便擺手讓曹朋三人離開。

接下來的淬火和繼續鍛打，曹汲自己就可以做成。不過，他們現在所做的，還都只是基礎工作，距離真正的造刀，還差著遠。

曹朋把鐵錘扔下，叫上了王買和鄧範，離開爐棚。

三人正準備去清洗，卻見鄧巨業從外面匆匆走來，「阿福，有人找你，說是典中郎公子。」

典中郎公子？曹朋一下子沒能反應過來。典中郎公子，不就是典韋的兒子典滿嗎？

章四 名，妙不可言（中）

其實典滿現在回來，挺尷尬的。原以為老父戰死，沒想到時隔一個月之後，又回來了！這讓典滿之前的行為，變得有些不倫不類。

從人倫而言，典滿並沒有做錯什麼。可畢竟老爹還活著，當典滿得知消息後，一時間竟不知道該如何處理身邊的衣冠槨。難不成焚毀？似乎不合適！可如果運回許都，好像也不太妥當。最後沒辦法，典滿只好將棺槨中的衣冠取出後，把棺槨交給了東郡太守程昱來處理。

典滿呢，帶著一干家臣，連夜返回許都。

回家之後，典滿從典韋口中得知了曹汲一家的事情。

說句心裡話，典滿挺感激曹汲一家，同時又對曹汲造刀的事情，充滿了好奇。

可典韋對他說：「以後你要多和阿福交往。那孩子很了不得，將來的成就肯定不可估量。」

典滿年十五歲，正年少氣盛，聽了典韋這一番話後，登時有些不太服氣。

不過，他不是不知道好歹的人，也不是那種紈褲子弟，心裡不服氣，卻不會影響他對曹家的感激之情。

這不，今天一有空，典滿就過來了。除了想要看看曹汲是如何造刀，同時也想見見，被典韋誇讚的曹朋，究竟是什麼樣子。

典滿繼承了典韋的基因，個頭很高。十五歲的年紀，已經接近一米八的高度，而且身體粗壯，膀闊腰圓。古銅色的面龐，唇邊生著青幽幽的絨毛，使他看上去似乎比同齡人要成熟許多。往那裡一站，就好像一座小山，令人登時生出一種難以言述的壓迫感。

「你，就是阿福？」典滿低著頭，打量曹朋。

論身高，曹朋這些日子的確是長了不少，大約有一六三左右，人也比從前壯實了，可從外表看去，似乎並沒有強壯多少，瘦小的身子骨，頗有些清秀的面龐，站在典滿跟前，頓時讓人生出巨大的視覺差異。

不過看上去，曹朋似乎並沒有覺察到這一點。他走到臺階上，差不多和典滿同樣的高度。

「我是曹朋，你是典叔父家的阿滿嗎？」

典滿聞聽，心裡有些不太高興。典韋出生於貧寒之家，但自從他成為曹操的宿衛之後，家人的身分也隨之水漲船高，典滿小時候吃了些苦，但後來基本上是在蜜罐子裡長大，印象裡除了典韋和伯父典循之外，就連他娘親，也沒有當著他的面直呼他的小名。

這小子恁不知禮數！典滿壓著火氣，「阿福，我今天來，是想謝謝你救了我爹的性命。以後在許都，誰若尋你麻煩，你就來找我……這座塢堡是曹公剛封賞給我家，你只管住著，有什麼需要，不用客氣。」

雖然他自以為說話得體，可語氣中卻帶著一種趾高氣揚的味道。

曹朋不動聲色，笑道：「這個自然，以後還請阿滿哥哥多照拂才是。」

這小子倒是知道好歹！典滿心裡嘀咕著，態度上隨之變得親熱許多。爹讓我多聽他的話，還說什麼他前途不可限量……哼，依我看，也不過如此，沒什麼了不得。

「聽說，你爹會造刀，能帶我去看看嗎？」

曹朋搔搔頭，「鐵爐就在隔壁院子裡，你進去就能看見。」

「你不帶我去？」典滿臉上露出一絲不快。

曹朋笑了笑，「我們還有功課要做，實在不好抽身。」

「功課？」典滿愣了一下，打量一眼曹朋，又看了看王買和鄧範，撇了撇嘴，「既然如此，我就先去拜訪曹叔父。」

曹朋拱手與典滿告辭，然後帶著王買和鄧範，往校場走去。

塢堡中有一個小校場，是平時曹朋帶著王買鄧範練功的地方。每天打鐵結束，他們休息一下後，便會在這裡練功。王買已達到了易骨的水準，而鄧範也開始了百日築基的功夫修行。

曹朋呢，最近一段時間隱隱感覺到，自己快要突破築基的階段。

近四個多月的練功，曹朋可以清楚的感受到，他的氣血已達到了某種瓶頸。架子已經盤順了，揉手也到了純熟的境地，這些天來，曹朋主要就是在琢磨著怎麼突破這個瓶頸。

校場裡有一塊圓形空地，懸吊著數十個沙袋。

曹朋舒展了一下筋骨之後，腳踩陰陽，閃身便沒入其中。依照著太極拳的步法，在沙袋之間穿梭，用掌、肘、肩、背、胯，推揉撞擊沙袋。

一開始，沙袋搖擺的幅度很小，可隨著曹朋的動作力度加大，那些沙袋晃動的幅度，也隨之越來越大。沙袋的搖擺晃動，沒有任何規律，使得曹朋閃躲騰挪的空間，隨之變得越來越小。即

便如此，曹朋行走其間，不時會傳來蓬蓬的擊打聲，以加大沙袋的力度。

王買和鄧範站在旁邊觀看，見曹朋如花蝴蝶般在沙袋間行走，忍不住大聲叫好。

「虎頭哥，大熊哥，記住我的步伐，一會我打完了，你們也要走一趟。」

「不是吧，又練這個？」王買不由得垮下了臉！

步伐不是一天就能練得純熟，而且他和鄧範都屬於人高馬大的那一種，一不小心就會被沙袋撞擊。說實話，他二人還真沒感覺到，這有什麼用處。

曹朋在沙袋間走了一盞茶的時間，閃身從裡面退出來。氣息明顯有些混亂，額頭上的汗珠子，在陽光照映下，光閃閃，晶晶亮。

「虎頭哥，該你了！」

「阿福，我練八極的，練這個有什麼用？」

曹朋也不回答，只是笑呵呵的看著王買。

「好吧，好吧，我走一遭便是。」

王買說著話，便閃身進入沙袋陣。和曹朋剛才的練法不同，王買進去之後，拳拳生風，轟擊在沙袋上，發出沉悶聲響。沙袋的搖擺幅度隨之增大，而王買漸漸的便有些顧此失彼。

曹朋練習的時候，很少是用剛猛力道，更多時候是借力打力，閃躲騰挪。

而王買則是大開大闔，剛猛有餘，巧勁不足。這樣一來，沙袋的撞擊力也隨之增大，一個不小心，就會被撞得鼻青臉腫。

這些沙袋大都重達四、五十斤，使一分力，這回擊的力道便增加一分。只半盞茶時間，王買一個躲閃不及，被一個飛回來的沙袋砸中，一下子摔倒在地，半天也沒能再爬起來。

鄧範在一旁，用一根兩米長、直徑十公分，裡面灌滿沙石的竹筒練習。

他蹲馬步，將竹筒在雙臂之上來回翻滾抖動。雙臂與肩相齊，依靠手臂上肌肉的力量，來推動竹筒。這種功夫，最練力氣。鄧範把竹筒往地上一放，指著狼狽不堪的王買，哈哈大笑。

「這就是你們說的功課？」

曹朋扭頭看去，就見典滿跟著夏侯蘭站在小校場門口，一臉不屑的笑容。

典滿搖搖頭，「你這等練法，又有什麼用處？」

「有沒有用處，你試試就知道了……」

「試試就試試！」典滿大笑著，一邊走，一邊脫下身上的錦袍，露出虎紋單衣襜褕，「這等練法，殺不得人！」

曹朋道：「連這個都練不成，還奢談什麼殺人？」

「哼！」典滿一副老子不信邪的表情，邁步走上前去。

王買齜牙咧嘴的跑到鄧範旁邊，還沒等他站穩，就被夏侯蘭一把摟住了脖子，「賭一把，他能堅持多久？」

「百息！」鄧範脫口而出。

王買一撇嘴巴，「難，那沙陣的確不好過。阿福好像又添加了份量，我估計他堅持不到八十息。」

夏侯蘭耳朵直稜著，眼睛卻盯著典滿的動作。

前些天曹朋吊沙袋的時候，夏侯蘭也試了一下，自然知道這其中的難度。

典滿在場外，活動了一下腿腳，口中一聲暴喝，身形驟然撲出，呼的一下子便衝進沙陣中……

「五十息！」夏侯蘭果斷吐口，「賭注一貫。」

「成交！」

曹朋一旁突然開口，「一介莽夫，五十息恐怕支撐不到，我就賭三十息。」

三十息？夏侯蘭三人向曹朋看去：你好歹給典公子留點面子啊！

三十息是多久？呼吸三十次的時間而已。雖然不看好典滿，可夏侯蘭三人卻不相信典滿撐不過三十息。

「蓬！」

一聲巨響，典滿擬虎拳凶狠的轟擊在面前一個沙袋上。而後他錯步閃身，手肘抬起，撞飛了身旁一個沙袋，剛準備從沙袋的縫隙間穿過，就見迎面一個黑影，掛著風聲就砸過來。

典滿二話不說，揮拳而上。

不得不說，他的拳法不差。

典韋的擬虎拳是在山野中跨澗逐虎領悟的拳法，講的就是勢大力沉，凶猛狂暴。只見典滿拳打腳踢，沙陣中聲響不絕於耳。就連一旁觀戰的曹朋和夏侯蘭都忍不住連連點頭，表示稱讚。

「他打得越猛，輸得越快。」曹朋搖搖頭，「三十息，我賭兩貫。」

說完，他扭頭就走，在校場的另一邊站定，施展出八段錦樁功，配合八字真言，開始練習。

至於典滿……他不再關心。

沙陣之中，典滿大發神威。頭二十息他尚能不亂陣腳，可隨著他擊打的沙袋越來越多，漸漸

就有些抵擋不住。他口中不斷發出野獸般的咆哮聲，拳腳卻顯得是越發散亂，到最後，幾乎是沒有任何章法。

一個不留神，典滿拍飛一個沙袋，卻被從旁邊飛過來的沙袋撞中身子，腳下一個趔趄，迎面一個沙袋飛過來，蓬的就拍在他的胸口。

典滿大叫一聲，連退三步，卻被身後一個沙袋撞在後背，撲通一聲，就趴在了地上，半天也爬不起來。

「二十八息！」王買氣急敗壞的吼道：「你這傢伙剛才那麼大口氣，連三十息都撐不住，害得老子輸錢。」

典滿被撞得有些發懵，可是卻聽清楚了王買的咆哮。強忍著全身痠痛的感覺，他爬起來，手指王買道：「你這黑廝，居然敢拿我來打賭？」

鄧範一臉不屑，「還典公子呢，我都能堅持八十息……呸。」

「你們……」典滿氣得哇哇大叫，偏偏又說不出道理。

夏侯蘭拿著一條濕巾走過去，遞給典滿，同樣是一副恨鐵不成鋼的模樣，「典公子，你可太讓我失望了。我好歹還認為你能堅持五十息，哪曉得二十八息你就……唉，擦擦臉吧。」

典滿，臉通紅！

「我就不信，不就是幾個破沙袋，休想難住我。」

他轉過身，虎目圓睜，凝視那幾十個沙袋半晌，大吼一聲之後，再次衝了進去。

不過這一次，王買、鄧範和夏侯蘭，明顯沒有再觀看的興趣。一個個轉過身，各自忙各自的事情……

許都，虎賁府大廳。

鄧稷看著眼前兩個男子，彬彬有禮道：「兩位先生，典中郎現在不在府中，你們若要找他，可往車騎府一行。如果沒什麼急事的話，也可以在這裡等候，估計天黑之前，他必然返回。」

年長男子微微一笑，「敢問先生高姓大名？」

「在下鄧稷，本逃難之人。蒙典中郎收留，暫居此地。」

「鄧稷？」青年男子一蹙眉，「我好像聽說過這個名字……」

「敢問二位先生……」

年長男子微微一笑，「在下荀彧，字文若。」

鄧稷聞聽，激靈靈打了個寒顫，連忙站起身來，「可是潁川八龍，荀文若荀侍中？」

年長男子點頭，欠身還禮。

潁川荀氏，是豫州一大世族，實力極其雄厚。兩代子弟名揚天下者多達十數人，其中又以八人為最，故而號荀氏八龍。這荀彧，就是八龍之一。

荀彧很小便被人認為有王佐之才，董卓入京之後，他便辭官回鄉，帶領族人遷往冀州。然則隨時間推移，荀彧認為袁紹不能成大事。諸侯討伐董卓之後，曹操落足東郡。荀彧便前往東郡，投奔了曹操，而曹操對他也是格外欣賞，將他比作張良，任為司馬。

那一年，荀彧年僅二十九歲，是曹操帳下真正意義上的第一個名士。此後，荀彧屢立功勳，並為曹操推薦了許多人。建安元年，曹操迎奉天子，也是荀彧出謀劃策。遷都許都之後，曹操便封荀彧為侍中，兼任尚書令之職。

這也是鄧稷長這麼大，接觸的人當中，真正意義上的名士。

荀彧旁邊的青年則笑道：「不才郭嘉，忝為司空軍師祭酒。」

「可是鬼才郭奉孝？」

「鬼才？」郭嘉一怔，愕然向鄧稷看去。

這鬼才之名，還是曹朋對鄧稷提起。

兩人有一次曾談及曹操帳下謀士，曹朋推出四人，便是荀彧，郭嘉，程昱和荀攸。這也是後人做出的評論，說曹操帳下五大謀士，除了這四人之外，還有一個就是未曾歸附的賈詡。

也就是在那次討論中，曹朋道出了鬼才之名。

荀彧忍不住哈哈大笑，「鄧先生這一句『鬼才』，端地是妙不可言。奉孝有遠量，才策謀略，世之奇才。不過，這奇才，卻不如先生一句『鬼才』更妥貼……主公言，奉孝若生楚漢，未必輸於陳平。」

一句話，只說得郭嘉訕訕然，俊面羞紅。

鄧稷心裡奇怪：沒聽說典君和這二人有交情，怎地……

他正疑惑間，卻聽荀彧道：「我聞君明得奇人相助，故而與奉孝前來拜會。先生勿怪，我二人並非是找君明，實為先生而來。」

「為我而來？」鄧稷連忙擺手道：「兩位先生客氣了，鄧稷不過無名小卒，焉能擔得二位看重。」

荀彧說：「先生莫客套，其實我來見先生，是有一事相詢。」

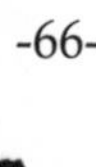

無事不登三寶殿，荀彧和郭嘉突然上門來，讓鄧稷不免感到忐忑。

他不清楚這兩人究竟是什麼目的，但隱隱間感覺到，他們是存著試探之心。可試探什麼？為什麼試探？鄧稷卻猜不透。他原本就不是個急智的人，面對這種突發情況，自然有些慌亂。

「先生大才，鄧稷何德何能，擔不得侍中大人如此厚待。」

鄧稷出身貧寒，雖是南陽鄧村族人，卻只是一個旁支，而荀彧則出身潁川大族，從小身分顯赫，才華卓絕，有王佐之才，是當今名士。如果按照魏晉時期的九品中正制論出身，鄧稷絕對是四品以下，甚至可能五品、六品；而荀彧呢，實打實一品出身，二人有天壤之別。

荀彧笑道：「鄧先生不用客氣，敢問先生，學得什麼書？」

這就是要盤底子，問師承了！

鄧稷不敢怠慢，連忙回答說：「在下學得是小杜律。」

「哦？」

荀彧和郭嘉相視一眼，暗自頷首。

小杜律，就是西漢年間，著名的麒麟閣十一功臣之一，杜延年所解釋的漢律。杜延年是武帝時御史大夫杜周的小兒子，而杜周也是當時有名的酷吏，也曾編撰過漢律。為區分這父子兩人，

於是便將杜周所編撰的漢律稱之為大杜律，而杜延年編撰的漢律，也就是小杜律。

自東漢以來，多以小杜律為準，並且延續至今。

郭嘉問道：「那先生學得是哪一房小杜律？」

小杜律延續二百年，自然衍生出許多變化。比如順帝時的廷尉吳平，三世研習小杜律；永平年間，郭躬同樣也是以傳習小杜律而著稱，其父三十年斷獄，門徒有數百人之多……

研習的人多了，自然就會產生分歧，有吳門杜律、郭氏杜律等說法，相互間一直存有爭執。

鄧稷撓了撓頭，有些不好意思的說：「在下學得是仲孫漢律。」

郭嘉聞聽，不由得笑了。

所謂的仲孫漢律，就是郭躬所修的小杜律。

荀彧向郭嘉看去，笑道：「奉孝，未曾想你這個郭氏子弟棄小杜律不讀，卻被他人所重。」

鄧稷一怔，「郭祭酒，莫非東海公子弟？」

東海公，是指郭躬的父親郭弘。據說郭弘斷獄三十年，未出現過一件冤假錯案，被借東海之名而喻之，所以便有了東海公的尊號。郭躬所習小杜律，皆以父親郭弘斷案卷宗為基礎，曾在元和三年時，修改律令四十一條，改重刑為輕刑，主張定案應該是從寬從輕，為世人所稱讚。

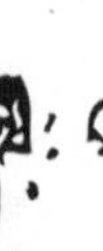

郭嘉臉一紅，訕訕然道：「嘉雖為郭氏子弟，但於刑律，卻無深究。」

鄧稷聞聽，不禁有些失望。

郭弘、郭躬父子門徒數百人，鄧稷所學的，不過是這數百人之中的一支而已。可以說與原來的仲孫漢律已有很大區別，所以一直想再認真研習一番。但鄧稷也知道，郭嘉不學刑律，也情有可原。畢竟是大族出身，加之東漢末年律法敗壞，世家子弟很少有人去接觸這個。

鄧稷學刑律，也是不得已。他接觸不到什麼高深的學問，為謀生只得學習律法。

荀彧笑道：「如此說來，先生與奉孝，還有同門之誼啊。」

「當不得，當不得……」鄧稷連連客套，「侍中大人莫要再稱我先生。鄧稷表字叔孫，大人喚我字即可。」

「既如此，那我就不客氣了！」荀彧沉吟一下，看了一眼郭嘉。

而郭嘉則點點頭，道：「叔孫賢弟，我與文若今日前來，實有一事請教。想必叔孫賢弟也知道，今袁紹領河朔之地，天下畏之強橫。司空大人雖據豫、兗之地，然則東有呂布，南有張繡，不免有些為難。這些天，司空大人出入動靜失常，大家以為是因為失利於張繡的緣故，我昨日詢問，才知道是因為袁紹的一封書信……司空大人欲討伐袁本初，又擔心不能力敵，故而……」

「賢弟，有何高見？」荀彧目光灼灼，凝視鄧稷。

鄧稷知道，這也許是他人生中，最為重要的一個機會。

此前，雖有滿寵看重，可滿寵畢竟是外臣，從份量上，遠遠比不得眼前這兩個男人一言九鼎。

雖然不清楚荀彧和郭嘉為何來考校他，可心裡面卻多了絲興奮。

鄧稷深吸一口氣，平復一下心情，思忖半晌後說：「古時候成敗最終看其才幹，故有才能者，最終能以弱勝強，而無才者則由強變弱。此高祖與西楚霸王之例，便足以說明問題……」

「袁紹此人，外寬內忌，多謀少決，法令不立。其勢雖強，卻難以持久。君不見磐石矗立湍流，任激流充當，而巍然不動；滴水雖弱，水滴石穿……今曹公若滴水，袁紹似湍流。湍流不可久，而滴水卻能擊穿頑石。曹公欲征伐袁紹，還需徐徐而行。虓虎不除，張繡不定，與袁紹相爭，不免後方不靖，非穩妥之策。」

荀彧臉上，頓時浮現出一抹笑容。

他與郭嘉相視一眼，同時起身拱手：「今聞叔孫一言，茅塞頓開啊。」

鄧稷連忙起身還禮，微微有些臉紅……

說實話，他還真不清楚袁曹之間的狀況，而且以他的能力也很難看出其中端倪。好在當初曹朋投奔他的時候，鄧稷聽王猛說，曹朋曾與司馬徽和龐季談論天下大勢，所以也詢問過一番。

曹朋當時重複了一遍『十勝十敗』說，鄧稷印象頗為深刻。只是荀彧剛才問他的時候，他還真想不起那十勝十敗的具體內容，好在鄧稷對十勝十敗也有自己的理解，於是在經過片刻琢磨後，便有了方才的那一番言語。

荀彧道：「今關中不穩，羌胡與劉季玉時時威脅。司空大人佔居豫、兗，但卻難以平穩關中。敢問叔孫賢弟，對此有什麼高見？」

如果說先前郭嘉的詢問是大勢，那麼荀彧現在所問的，便是細節。

鄧稷沉吟半晌，「關中諸將無數，只是互不相統。其實想要穩定關中，倒也不難。其一，李傕、郭汜務必盡快剷除；其二，以遣人懷柔與強者連和。如此，雖不能久安，但已能令其相互制衡，保持中立。不過，行此法，需有一合適人選，恕在下見聞淺薄，難以說出合適之人。」

荀彧眼睛一瞇，不動聲色。

他和郭嘉相視一眼後，點點頭，突然站起身來，拱手道：「今日冒昧打攪，耽擱叔孫不少事情。我與奉孝先行告辭，有閒暇時，叔孫不妨也到我們那邊走動一番，彼此多親近才是。」

郭嘉也說：「是啊，我雖未學刑律，但家祖卻留有卷宗。叔孫若是有興趣的話，我回頭把那些卷宗送過來……呵呵，咱們也算同門，以後當多走動。」

鄧稷喜出望外，拱手道謝。

荀彧和郭嘉並肩走出虎賁府，卻沒有往車騎府去。

兩人一邊走，一邊低聲交談。

「文若，鄧稷如何？」

「見識是有的，而且有才具。」荀彧答道：「其所言，與你我意見相符，倒值得引薦一下。不過，他畢竟是從南陽郡過來，最好還是再觀察一下。不如這樣，我請人去棘陽打聽一下？」

「如此甚好，此人雖非王佐之才，卻有機變之能……我剛才想起來，前些時候郎陵之亂，滿伯寧曾派出一個西部督郵曹掾，輕而易舉的將事情解決。那個西部督郵曹掾，好像就叫鄧稷。」

「哦？」

「為此事，荀緝專門派人過來詢問，公達還問過我一次，只是我當時未曾在意。」荀彧輕輕搓揉面頰，「如此說，這鄧叔孫，確是有真本事。」

「嗯，不過如你所言，再看一看吧。」

荀彧和郭嘉的突然造訪，著實讓鄧稷緊張了好一陣子。

他也不知道，他應對的究竟如何，是否合荀彧郭嘉二人的心思。懷著忐忑的心思，他等了兩天，可這兩天裡，荀彧卻沒有再出現。倒是郭嘉說到做到，派人送來了不少當年郭躬留下來的卷宗和文檔。鄧稷心裡略略有些失落，但很快的便被那些卷宗文檔所吸引，將此事拋在腦後。

鄧稷是個很小心的人，荀彧和郭嘉的到來，在沒有弄清楚意圖之前，他也不想告訴別人。

曹朋自己呢，則陷入了一個大麻煩。

典滿在闖陣失敗以後，好像來了牛脾氣，每天一大早就跑來塢堡，先是看曹汲造刀，然後又拉著曹朋闖陣。一開始，典滿基本上是硬橋硬馬的硬闖，往往堅持不了多久，便被砸的鼻青臉腫的出來……

但隨著典滿對沙陣的熟悉，以及他暗中觀察曹朋等人的闖陣之法後，琢磨出來一些門道。在闖陣三天後，典滿便能堅持到一盞茶的時間。

畢竟是有家學傳承的底子擺在那裡，加上他也用心，闖陣的速度，很快就追上了王買和鄧範。雖然達不到曹朋那種舉重若輕的水準，但的確是進步不小。他功夫本來就不差，練了一陣子

沙袋後，身形步法較之先前也靈活許多。這效果一出來，典滿自然興致越發高漲。

與此同時，曹汲的名字，在許都城裡是越來越響亮。

在曹朋這幕後黑手的暗中操作下，市面上流傳了許多關於曹汲的版本。有的說，他是墨家鉅子；有的說，他是名匠宗師之後……甚至還有傳言，說曹汲會神仙術，得了神仙祕法，所以造刀易如反掌。各種謠傳愈演愈烈，以至於到後來變得不可收拾，從許都向外傳播去。

連曹操也開始關注這件事情。

不過他沒有去詢問典韋，只是想看一看，這件事最終會是什麼結果……

就這樣，不知不覺，時間已進入仲夏。

春去夏來，天氣逐漸變得炎熱起來。火辣辣的太陽，照的人渾身不自在。哪怕是坐在蔭涼中，也讓人感覺如同置身火爐一般。

建安二年五月，劉表派部將鄧濟，攻入郎陵。郎陵長荀緝倉促應戰，不慎中埋伏，戰死於確山腳下。消息傳來許都，曹操無比震怒。他原本打算征伐呂布，卻因此事不得不改變計畫。

五月中，曹操下令汝南郡太守滿寵，屯兵確山。隨後他親自督軍，以滿寵為先鋒，強入南陽郡，旬日間攻破復陽。鄧濟在郎陵大勝之後，不免有些得意忘形。但旋即，他便被滿寵所敗，狼

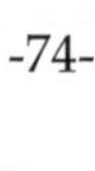

狽而回，最後退守湖陽縣，嚴防死守……

曹操突入南陽，形同與劉表宣戰！

劉表震怒，但礙於曹操這次出兵強勢，也不得不小心謹慎……

「阿福！」

一大早，典滿就來到塢堡，找上了曹朋。

這一個多月的接觸，讓典滿對曹朋倒是多出了幾分親熱。一開始，他有些看不起曹朋，覺得曹朋沒有他老爹典韋說的那麼厲害。可隨著時間的推移，他和曹朋接觸的時間長了，漸漸改變了態度。別看曹朋年紀小，而且比他瘦弱，可知道的東西，卻比典滿多出許多。

加之鄧稷和郭嘉走動了幾次，使得典韋更加看重這一家人。

典滿，對曹朋，開始有那麼一點佩服了……

曹朋剛結束了晨練，正準備去鐵爐中幫忙。

「阿滿，什麼事？」

「你能不能幫幫我？」

典滿如今也不再介意曹朋喚他的小名，有些哀求的看著他。

曹朋奇道：「幫你？你怎麼了？」

「唉……還是我爹！」典滿嘆了口氣，「你也知道，這次主公出兵南陽，居然不帶我爹，而選擇許褚。我爹這兩日不太開心，總說主公不信任他了，出兵都不帶他一起去。在家裡喝得酩大醉……我看他心情燥鬱，卻又不知道該如何勸解。你比我聰明，幫我想個辦法？」

曹朋想了想，便點頭答應：「我也打算進城一趟。有些日子沒拜見叔父，正好探望一下。」

「同去，同去！」王買一聽曹朋要出門，頓時來了興致。

「滾！回去練功！」曹朋沒好氣地道：「你若是不能在沙陣裡堅持一炷香，休想走出去。」

「啊？」王買頓時苦了臉，「阿福，我已經快四十天沒出去過了，讓我出去一趟嘛。」

「想都別想！」曹朋說著，衝夏侯蘭喊道：「夏侯，盯著他！要是敢溜出去，小心我收拾你！」

王買苦著臉，只好罷休。

曹朋換了一件白色長衫，和典滿一起走出塢堡。

兩人上馬，直奔許都而去。不一會的工夫，便抵達許都城外……

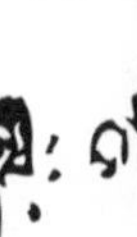
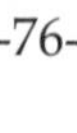

典滿在許都也算是名人，故而門伯並未阻攔。兩人很快來到虎賁府門外，卻見鄧稷一襲青衫，邁步走出府門。

「姐夫，你要出去？」

鄧稷笑了笑，「阿福你怎麼來了？我約了個朋友，正要出門。」

「典叔父在家嗎？」

鄧稷揉揉鼻子，「在校場練武。今天情況不錯，大早上起來也沒喝酒……你來的正好，去看看他吧。」

曹朋也沒有問鄧稷要去哪裡，拱拱手，和典滿走進府內。與一個多月前虎賁府冷冷清清的情況不同，如今這府中，倒是多了幾分生趣，僕人、婢女增加了不少。

典滿帶著曹朋一路來到校場，他們才剛走到校場門口，就聽見校場中罡風呼嘯，不時傳來虎吼之聲，典韋光著膀子，露出黑黝黝、似鋼澆鐵鑄一樣的肌肉。一對雙鐵戟在他手裡上下翻飛，左右開弓。

曹朋和典滿站在校場門口，也不往裡走。

似典韋這種人，練起武來，還是離遠一些比較安全。

典韋的雙鐵戟使得的確漂亮，經年搏殺，使得他招數中蘊含濃濃的殺氣，令人不敢靠近。就算是典滿見慣了典韋練武，也被那殺氣迫得臉發青。

反倒是曹朋看得津津有味，似乎全然不受那殺氣的影響。看到這裡，典滿又多了幾分敬佩！

「好！」

典韋收戟而立，曹朋立刻鼓掌叫好。

「阿福，你怎麼來了？」

曹朋笑道：「久不見叔父，心裡想念。今天正好要進城裡辦事，所以特來探望。」

「哈哈哈哈哈，你這小子，就是會說話。」典韋爽朗一笑，看典滿那發青的臉色，旋即又陰沉下來。

典滿的武藝的確不差，已達到了易骨巔峰，隨時都有可能突破瓶頸，可終究是溫室裡生長，比不得典韋當年跨澗逐虎，漂流四方，而沒上過戰場，沒領略過疆場搏殺，武藝再好也沒用處。

「阿滿，怎麼這麼久了，還是這副沒長進的模樣。」

典滿低著頭，也不說話。

曹朋笑道：「叔父，你可別怪阿滿哥。他現在長進可不小，能在沙陣裡支持一炷香的時間，

只是少些歷練而已。」

「哼！」典韋臉色緩和下來，「阿福，進城要買什麼？」

「呵呵，買些草藥。」

「草藥？莫不成生病了？」

曹朋連忙搖頭，「不是生病，而是為練功準備……叔父，我聽阿滿哥說，你最近可是天天飲酒，莫非心情不好？」

典韋一怔，旋即惡狠狠瞪了典滿一眼。

「叔父，你別怪阿滿哥，他可是關心你……換做旁人，你看他管不管？」

這句話出口，讓典韋心裡一暖，看典滿的目光，旋即柔和了許多。

他擦乾了身上的汗水，在校場內一座小亭子裡坐下，輕輕嘆了口氣，「阿福，你評評理，自從我跟隨主公以來，征伐徐州，攻打濮陽，大大小小近百戰，主公都會帶著我。偏偏這一次，他只帶了許褚過去。我就想不明白，為什麼不帶我，帶那傻老虎？」

曹朋也在涼亭裡坐下，想了想，突然露出笑容：「叔父，你現在是什麼官職？」

典韋愕然看了曹朋一眼，「你這小子，明知故問嘛！虎賁中郎將。」

「那曹公交給你的事情，你可做成了？」

「什麼事？」

曹朋很無奈的一拍腦袋，「叔父，你是虎賁中郎將，當然是組建虎賁軍啊！想必你人手已經找齊，可曾訓練過？可能上陣搏殺？」

典韋一瞪眼，大聲道：「我虎賁軍中盡是好男兒，哪個不是提刀殺人？」

「殺人歸殺人，可訓練歸訓練……難不成，上了疆場，你要你的部曲一窩蜂衝上去亂戰？」

「這個……」

「叔父，這治軍可沒那麼簡單。不僅僅是要士卒悍勇，還需要懂得令行禁止，進退之道。進攻時，勇往直前；撤退時，陣腳不亂。守禦時，固若金湯……這些，你可曾留意過嗎？」

「這個……」

「叔父，主公不帶你，是希望你好好操演虎賁軍。他不是冷落你，而是比以前更看重你！」

典韋聞聽，不由得陷入了沉思……

良久，他突然抬起頭，輕聲問道：「阿福，那你給我出個主意，我該如何練兵？」

名，妙不可言（下）

曹朋傻了！練兵，治軍？他前世不過是個刑警，哪懂得這些玩意？

典韋瞪著眼睛，滿臉期盼；而典滿則眼睛眨啊眨的，讓曹朋毛骨悚然。

早知道，應該把魏延帶過來的。至少在治兵方面，魏延絕對比曹朋高明百倍。可惜，魏延現在在汝南，據說混得很不錯，深得滿寵信任，估計用不了多久，一個郡司馬的職務少不了……

「阿福，有沒有辦法？」

「有！」曹朋硬著頭皮，咬著牙關，強笑一聲回答，「不過典叔父，練兵治軍之法，可不是一下子能想出來，容我回去仔細考慮考慮，如何？」

典韋小雞啄米似地連連點頭，「那可要快點，時間不多了！」

曹朋不禁苦笑，早知如此，你當初幹嘛去了？

原本打算過來開解一下典韋，可沒想到把自己給繞了進去。曹朋滿腹心事，告辭離開。典韋也算夠意思，直接讓典滿跟著，到許都最大的藥房。曹朋需要什麼草藥，直接掛在虎賁府的賬上。曹朋買藥，並不是因為生病，而是因為他近來感覺到氣血已達到了瓶頸，想要有所突破，必須要借外力幫忙。前世的老武師曾給過他一些方子，可以淬煉筋骨，強壯氣血。曹朋也不客氣，直接買齊了草藥，便返回塢堡。

曹朋回到塢堡後，苦思冥想，也找不出一個頭緒來，一個人呆呆的坐在書房裡，翻看著桌上的書卷。這是從鄧稷房間裡翻出來的《司馬法》，也是兩漢時期非常流行的一部兵法。《孫子兵法》？在後世的確是隨處可見，但在這個時代，並非人人都能擁有。典韋倒是有這種條件，可惜對書卷無愛，家裡根本沒什麼藏書，曹朋能找到這部司馬法，已經是很不容易。

看著上面生僻艱澀的文字和語句，就在曹朋犯難的時候，忽聽屋外傳來一陣歡呼聲。

曹朋一怔，起身走出房間。沒等他開口詢問，就見王買風一樣的從爐棚那邊跑來，遠遠的就喊道：「阿福，叔父成了！」

「什麼成了？」

「刀、刀、刀……」

王買激動的說不出話，結結巴巴半晌，也沒能說個清楚。好在曹朋聽明白了，一把攫住王買的胳膊，「你是說，我爹造刀成功了?」

王買興奮的連連點頭，不等他開口，曹朋已經風一般從他身邊掠過，向爐棚的方向衝過去。

爐棚裡，歡聲雷動。

夏侯蘭和周倉光著膀子，興奮的又喊又叫；曹汲神情激動，面龐呈現出扭曲之狀。在他的手裡，握著一柄四尺長的繯首刀，眼中淚光閃閃。

繯首刀，是採用刀莖一體的鑄造方法。長四尺三寸，也就是九十九公分，不足一米；刀柄約二十公分長，二指粗的刀莖，渾圓堅挺，套上黑漆桃木刀柄，看上去非常美觀。與普通的繯首刀不同，這柄繯首刀增加了一個護手木瓜，可以有效的阻擋鮮血流淌到刀柄上。

木瓜弧線圓潤，八十公分長的刀身修長挺拔，刀口呈現出一個微微的圓弧，可以適度增強劈砍力道；寬約有三指，刀身呈現一種妖異的暗紅色。刀口在火光照映下，流轉一抹血色，可震懾人心，刀兩邊各有一道血槽，可以加快放血的速度。

整體而言，這柄繯首刀一看就知道是上乘之作……

在爐棚外的臺子上，疊著二十劄劄甲，不過最上面的十劄，變成了兩半。

「朋兒，十劄，十劄啊！」曹汲見到曹朋，激動的衝過來，失心瘋似地又喊又跳。

曹朋一怔，伸手接過曹汲手中的繯首刀。

這支繯首刀，可說是凝聚了曹汲曹朋父子的心血。從外形，鑄造，淬煉，曹朋全程參與其中。在原有的繯首刀基礎上，增加了木瓜護手和血槽的設計，已經基本上和後世鋼刀的特徵吻合。同時，曹汲經過反覆試驗，在頭一道淬火工序中，增加了五牲之血，以完善刀中之靈。

古人鑄兵，講求血祭，從歐冶子到干將莫邪，莫不有類似的神話傳說。

所以，這血祭之法，已經深入到這個時代的匠人骨髓。即便是得了五牲之溺淬火之法，曹汲還是忍不住，想要保持血祭的規矩。所以，在五牲之溺中，增添了五牲之血，而且是五牲之心血。這也使得打造出來的繯首刀，從光澤上好像有些不夠，但卻平添了幾分血腥之氣。

「此刀，可斷十劄？」

周倉大聲道：「沒錯，剛才曹大哥試過了，可斷十劄。」

曹朋握住鋼刀，走到木台旁邊，運足力氣，一刀揮出。喀嚓一連串的聲響，劄甲紛紛斷裂。

「好刀，果然是一支好刀！」曹朋忍不住大聲讚嘆，「爹，這次出了幾支刀？」

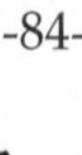

曹汲擺擺手，就見夏侯蘭幾人從爐棚裡，捧出十二支同等式樣的繯首刀來。

「如果加緊一些，到六月時，能出多少？」

曹汲說：「目前共四十支刀胚，如果加緊的話，估計到六月，能再出二十支左右……」

二十支？

曹朋的腦海中突然閃過一個念頭，「三十六支。爹，咱們得造出三十六支好刀，以應天罡之數。」

曹汲眉頭一蹙，臉上的興奮之色漸漸消失。他沉吟片刻，輕聲道：「朋兒，剛才我說二十支，差不多已是極限。若再多的話……我擔心無法保證住這刀的水準。你湊這天罡之數作甚？」

曹朋哈哈大笑，「爹，我這樣要求，自有奧妙。對了，這十二支刀脊，需鏤刻刀銘。我過一會把銘文寫出來，然後以後每把刀上，都需要有這種文字……夏侯，天一亮，你立刻進城，找典中郎過來。記得要傳揚出去，請典中郎試刀。」

夏侯蘭立刻答應，興沖沖地捧著刀，回到爐棚內。

周倉站在一旁，目光灼灼，流露出羡慕嚮往之色……

這些天，透過和周倉的接觸，曹朋大致上對他也有了些瞭解。他同樣是個實在人，實心腸，

沒什麼彎彎繞繞。他之前說不願意去虎賁軍，也是肺腑之言。按照周倉的理解，虎賁軍是宿衛中央的人馬，雖然能經常接觸曹操，卻少有戰鬥的機會，而周倉卻是一個典型的好戰份子。

不僅是周倉，土復山過來的這些人裡，大部分如此。

所以典韋徵召虎賁，土復山的人只過去三十幾人而已。剩下的人，有的年紀大了，乾脆在塢堡裡尋個差事。有的則願意跟隨周倉，掐指算算，大約也有二、三十人，和周倉一起等待機會。

「曹大哥……」周倉搔搔頭，吞吞吐吐的說：「能拜託你一件事嗎？如果有閒暇，幫我打一支大刀如何……我、我、我要求不高，能斷三劄，我就心滿意足。」

之所以說的這麼扭捏，是因為周倉很清楚這一口好刀的價值。莫說他買不起，就算買的起，也沒地方買……可以預見，曹汲如果這能造出這三十六口刀來，那他的名聲……想想都覺得驚人。那時候，想找曹汲造刀的人，恐怕得從許都排到洛陽。

哪知道曹汲大笑一聲，上前一把摟住了周倉的肩膀：「老周，你這是什麼話？自家兄弟，我要麼不造，造就要造出比這更好的刀來。」

人就是這樣，一事無成時，越失敗，越退縮，越沒有自信；可一旦成功，自信心建立起來，整個人的面貌都會煥然一新。看此時的曹汲，哪裡還有當初在中陽鎮時的畏畏縮縮呢？

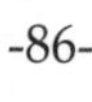

曹朋手持鋼刀，也不由得笑了！

「好了，咱自家兄弟不說外話。」曹汲拍了拍周倉的肩膀，扭頭對喊道：「先把裡面整理一下，別到了明天，亂得不成樣子。朋兒，你既然要三十六支，那我拼了命，也會造出來。」

「聽說了沒有，曹宗師真的造出寶刀了！」

「是啊，我聽說擺放了一溜，清一色全都能斬斷三割……據說連侍中大人都知道了，一大早跑到虎賁府裡要求試刀呢。」

「何止是試刀，侍中大人還專門請求曹宗師為他造刀。」

曹汲造刀的消息，好像長了翅膀一樣，一日間傳遍了許都的大街小巷。

一時間，曹宗師之名，路人皆知。你若是問『曹宗師』是誰？估計周圍的人都會用不屑的目光看你，如此這般，這般如此，口沫橫飛的說教一番後，臨了還要給你一個大白眼。

曹汲，真的出名了！

雖然他造出的刀，還沒有在世人面前出現，可市面上已經開始熱炒起來。也不知是誰開了個頭，宣稱誰如果能為他弄到一支曹汲打造出來的寶刀，願以千鎰黃金交換。

「千鎰黃金？這傢伙瘋了吧！」

「瘋了？」一旁立刻有人道：「你要是能用千鎰黃金換來一支天罡刀，我給你兩千鎰。」

「天罡刀？」

「不懂了吧……嘿嘿，據說曹宗師這次造刀，與天罡地煞相對應。三十六支天罡刀，每一口都對應天罡三十六星之一。這種刀，不但削鐵如泥，而且還帶有星辰之力，威力無窮。若非天罡三十六星君降世，誰能使用？」

「有這等事？」

問話的人剛一出口，旁邊立刻就有一個皓首老者站出來說話：「說你孤陋寡聞，你還真是……侍中大人本也看中其中之一，結果想要試一下，險些傷了自己。那刀，可是有靈性呢。」

「是啊是啊，聽說侍中大人還專門請曹宗師的女婿喝酒，願以萬金，求取一刀。」

「叔孫啊，我何時向你求過刀呢？」

在前往塢堡的路上，荀彧忍不住打趣鄧稷。

這些時日的交往，讓荀彧對鄧稷好感陡增……這一路上，他忍不住道：「我只是喝了你一頓

酒而已，卻成了這副狀況。叔孫，你可要好好的賠我才是，不如就讓令丈人為我造一口刀？」

「文若，你想都別想。」不等鄧稷回答，就聽典韋搶先開口，「要造刀，也是先給我造。」

荀彧奇道：「曹宗師所造三十六支天罡刀，不就是你的嗎？」

典韋苦笑搖頭，「我一開始也這麼認為，可是……那些刀，我一把都得不到，還白白搭上了許多材料。」

「話說回來，你那些刀，真是用西域奇烏所鑄？」

「當然！」

荀彧盯著典韋，突然間哈哈大笑，「君明，你知不知道，你說謊的時候，有一個很明顯的破綻？每次你一說謊，就不敢抬頭與人對視。」

典韋連忙抬起頭，虎目圓睜，「文若，我哪裡不敢對視了？」

鄧稷忍不住也笑了，指著典韋說：「典中郎，你又上了文若的當了……」

典韋看了看鄧稷，又看了看荀彧，半晌也沒弄明白，是怎麼回事。他那副憨頭憨腦的樣子，引得荀彧、鄧稷又是一陣大笑。

三人來到塢堡門口時，卻看到張氏和曹楠正準備出門。

算算日子，曹楠已懷有六個月的身孕，肚子高高隆起，整個人看上去比在棘陽時胖了兩圈。

曹朋、典滿，王買、鄧範各騎著一匹馬，而鄧巨業坐在車上，已套好了車仗。

「叔孫，你怎麼回來了？」張氏看到鄧稷，忍不住喚了一聲。

「娘，你們這是要……」

由於典韋組建虎賁，鄧稷大部分時間都留在許都城內，協助典韋。

畢竟有了九女城的經驗，對於軍中的事務，鄧稷也都很清楚。反正他主要負責的，就是文書之類的工作，所以做起來也是駕輕就熟。

張氏責備道：「你整日在城中，也不見回家，阿楠也不見你操半點的心……她身子有點不舒服，我帶她去城裡看大夫。這眼見著就快要生了，你這當爹的，居然一點都不著急……」

一句話，說的鄧稷滿面通紅，愧疚的向曹楠看去。

曹楠則溫婉一笑，「娘，叔孫這不是忙於公務嘛，您就別怪他了！再說，家裡有人照看著，洪家嬸子也很盡心。娘，您是不是煩女兒了？要如此的話，女兒以後再也不敢麻煩母親。」

張氏急了，連忙說：「休得胡說，休得胡說。」

「要不，我陪你們一起去吧。」鄧稷上前，輕聲對曹楠道。

曹楠臉一紅，「不過是婦道人家的毛病，你跟去作甚?這裡有貴客，你陪著典中郎和客人說話吧。有娘和阿福他們跟著，不會出什麼事情。倒是你，又瘦了許多……晚上若沒什麼事情，就在家裡吃飯吧。想吃什麼，和洪家嬸子說一聲便是。」

鄧稷，輕輕點頭。

「阿福，你也要出去嗎？」典韋大聲問道。

曹朋搔搔頭，「我正好進城有點事情，陪母親和姐姐一同過去。」

「那我拜託你的那件事……」

「呃，已經弄好了，在我書房的案子上。姐夫，你到時帶典中郎過去就是，我們先走了！」

說著話，曹朋看了荀彧一眼。曹朋不認識荀彧，主要是因為他不怎麼出門，而荀彧呢，也從沒有來過塢堡，所以兩人都沒有見過。

殊不知，曹朋看荀彧的時候，荀彧也在打量曹朋。

曾不止一次聽鄧稷說過，他有一個妻弟，極為聰慧，才華也很出眾。想必這少年，就是叔孫的妻弟?看其樣貌，倒是不俗。嗯，氣度挺沉穩，沒有寒門少年的畏縮，也沒有世家子弟的浮誇。叔孫這一家人，果然不差。丈人是宗師，妻子也體貼溫婉，就連這妻弟也不一般。

如此一家人，將來必有大前程。

曹朋在馬上朝荀彧微微欠身，而後拱手告辭；荀彧也出人意料的朝著曹朋一笑，拱了拱手。

「阿福，你可真不簡單！」典滿忍不住低聲道：「文若公可是很少與人這般親善。平時我見他，都不苟言笑，今天居然會因你一禮而笑，更拱手還禮。」

「文若？」曹朋覺得這名字聽上去挺耳熟，「他很厲害嗎？」

典滿驚訝問道：「阿福，你不知道他是誰嗎？他就是尚書令荀彧荀文若……你若是沒聽過他的名字，總該聽說過潁川荀氏八龍的名號吧。他就是八龍之一！」

「叔孫，這是你妻弟的住所？」

荀彧走進小院，立刻感受到了一種與眾不同的氣氛。

書房很大，大門兩旁寫著一副楹聯。上聯是：風聲雨聲讀書聲，聲聲入耳；下聯是家事國事天下事，事事關心。

這原本是明代東林黨魁首顧憲成所書的一副楹聯，如今卻被曹朋無恥的剽竊過來。

說實話，那字倒也普通，算不得什麼出奇。可這內容，卻蘊意深刻。以至於荀彧看到這副對

聯時，不由得駐足凝視，久久不語……楹聯相傳，起源於五代後蜀時期，距東漢末年，尚有七百餘年時間。荀彧卻意外的發現，這小小楹聯中，似有無窮奧妙，一時間卻又說不清楚。

楹聯，對仗之學。這種語言文字，講求平行對稱，在某種程度上，與中國的陰陽二元觀念，又悄然吻合一處。

易傳謂：一陰一陽之謂道；《荀子．禮論》中也有：天地合而萬物生，陰陽合而變化起的說法；黃老帛書則稱：天地之道，有左有右，有陰有陽……

楹聯這種文學形式，如果放在後世，也只是作為一種傳統文化的傳承。但究竟有多少人能理解其中的含意，未嘗可知。楹聯，一左一右，上聯與下聯，陰陽相合。如果單舉半聯，似乎沒什麼蘊意，可二聯合在一處，頓時產生出無窮奧妙，就猶如那陰陽輪轉一起的乾坤。

荀彧是大家，對這陰陽之說自然極為熟悉。

初看那楹聯內容的時候，他倒不在意。兩聯若不合在一處，單一而論，看不出什麼特別……用詞很直白，很俗氣，好像上不得檯面。但如果把兩聯連在一起，荀彧也不由得為之稱讚。

「叔孫，這是誰寫的？」

鄧稷撓撓頭，有些尷尬。他來許都這麼久，一直幫典韋忙虎賁軍的事，對塢堡裡發生的事

情，還真不太瞭解，於是在楹聯前駐足，片刻後低聲道：「若以字跡而論，似乎是阿福所書。」

他也是個有學問的人，一眼看出這楹聯的不俗。如果不是楹聯的字跡的確是出自曹朋之手，鄧稷斷然不敢相信這是曹朋所為。當初在鄧村的時候，曹朋似乎並不認得太多字，很多還是鄧稷教授。可現在，只看楹聯用字的巧妙，鄧稷自認，無法做到這種令人拍案叫絕的地步……

「風聲雨聲讀書聲，聲聲入耳！」荀彧站在楹聯前，呢喃自語，而後他目光一轉，又落在旁邊的楹聯上：「家事國事天下事，事事關心……好氣魄，好志向！」

典韋是看不出這其中奧妙來的，他這會正急著想要看曹朋留給他的東西。

「都到了，咱們進屋再說。」

說罷，他邁步就走進了書屋，荀彧連忙跟進。

這個時候，荀彧已不把曹朋視作簡單的少年，而是一個才華卓絕、天資聰慧的天才。他很怕典韋進屋後，破壞了什麼。所以跟著典韋走進書屋，卻見空蕩蕩的書房中，正對著窗戶，擺放一張書案。書案上，放著一疊竹簡，還有一疊麻紙，上面似乎寫寫畫畫著什麼。

除此之外，書房裡再也沒什麼擺設。

荀彧扭頭向鄧稷看去，那意思是在問：為何你妻弟這邊，沒有書籍？

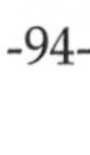

鄧稷苦笑一聲，走過去拿起書卷，「我們來的匆忙，加之原先就沒什麼藏書。就連阿福這幾卷平時誦讀的書籍，也是別人所贈。我那裡倒是有些藏書，可惜阿福對刑名律法沒興趣，所以對我那些書，也很少留意。」

荀彧接過來，展開掃了一眼。一卷《詩》，一卷《論》，還有一卷《尚書》。

真正讓荀彧感到吃驚的，還是那書卷一角的字跡：「鹿門山？」他抬起頭，向鄧稷看了過去，「叔孫，你這妻弟，難不成是鹿門山弟子嗎？」

鄧稷點點頭，又搖了搖頭：「阿福本有機會成為鹿門山弟子……可因為得罪了江夏黃氏，最終只得逃離南陽，此生恐難有機會了。」

能被鹿門山看重，這小子果然不一般！

穎川，是一個學術氣氛很濃的地方，雖世家林立，但同樣有著極好的學術氛圍。穎川書院，在東漢末年，那是為天下士子所仰慕的地方。早年間黨錮之爭的李膺、陳蕃等人，皆出自穎川書院，包括荀彧、郭嘉，也是穎川學院的學子。相比之下，鹿門山私學的性質更重一些，二龐之名，也極為響亮。荀彧當然也知道鹿門山的名氣，不由得對曹朋又高看一眼。

「這都是什麼東西！」典韋突然大聲咆哮。

他手裡拿著一疊麻黃紙，上面也不知是用什麼工具畫出許多奇怪的圖形。

「讓我看看？」

荀彧有些好奇，他認為，曹朋這個被鹿門山看重的少年，書寫出來的東西，理應不同凡響。

圖畫，是用炭筆所書，畫了一排排小人。小人兒們做出各種隊列，有的似乎是在行進，有的似乎是在站立，還有的……荀彧說不清楚。

把這些圖紙一一看完，荀彧也不太明白。

不過，最後一頁圖紙上，卻寫著密密麻麻的炭筆小字。

曹朋說：虎賁軍既然是從各軍招攬的豪勇銳士，那麼其勇武自然無需擔心。關鍵在於如何能在最短暫的時間裡，讓他們形成戰鬥力。秦風無衣中曾說，執子之手，修我戈矛……

戰場上，戰士們最應該注重的，不是個人的勇武，而是整體的戰鬥力。

彼此間的相互配合，人與人之間的信任，還有團體的榮譽感。這些東西聽上去很空泛，但卻又很重要。如果沒有一個可以信賴的袍澤，上戰場後，誰又敢把自己的後背交給別人？

虎賁軍最大的問題就是，來自不同人馬，彼此不熟悉，沒有信任，沒有榮譽感。

那麼，典韋所要做的第一件事，就是把這些人揉捏在一起，彼此相信，成為一個真正的團

隊；其次，令行禁止……前進不亂，後退不慌。在這裡，曹朋用到了孫子兵法裡的一句話。其疾如風，其徐如林，侵略如火，不動如山。

按曹朋的解釋，若典韋能把虎賁軍按照這種標準訓練，面對十倍虎衛，亦可以輕易擊潰……

荀彧抬起頭，似笑非笑的看著典韋。

「文若，你這是在笑話我嗎？」典韋氣呼呼道：「病急亂投醫，找個小娃娃出謀劃策。」

荀彧忍不住哈哈大笑，「君明啊，我可不是笑你這個，我是笑你，有眼無珠啊。」

「此話怎講？」

荀彧也不解釋，把那一疊文稿遞給了鄧稷，「叔孫，你來給他解釋。」

鄧稷接過來，直接翻到最後一頁，把曹朋的原話，又詳詳細細、深入淺出的講解一遍。

典韋眼睛漸漸眯起來，臉上的笑容格外燦爛：「這麼說，這東西可行？」

「你大可試試看，如果你不願意，就把它給我，回頭找人嘗試。」

「屁……」典韋一聽，立刻急了。他二話不說從鄧稷手中搶過文稿，往懷裡一揣，虎目圓睜，凝視荀彧道：「這是我的！」

那一副小孩子的模樣，逗得荀彧哈哈大笑。

名，妙不可言（下）

「君明，沒人和你搶……不過你若真能照此練出一支精兵來，估計主公早晚會找你討要。」

「嘿嘿，反正現在，它是我的。」

荀彧搖搖頭，邁步往屋外走，「阿福說的這些頗有道理，不過，你訓練的時候，最好還是多向阿福請教一下。這孩子看起來有很多主意，的確非同一般。還有，帶上叔孫，我覺得他練兵比你強，至少給你當個司馬，綽綽有餘。」

典韋如小雞啄米一般，連連點頭。

「走，看過了小曹的本事，再去領教一下大曹的手段。」

不知不覺，荀彧對曹朋一家的稱呼，已經發生了巨大的變化。

鄧稷在一旁聽清，忍不住呵呵笑了！

走出書院，三人一路往爐棚方向走去。就在這時，就見從塢堡外急匆匆跑來一個人，「叔孫，叔孫……不好了，阿福他們，和別人打起來了。」

鄧稷不由得大吃一驚，仔細看去，一眼認出，來人正是鄧巨業。鄧巨業此時看上去，很有些狼狽，衣衫襤褸不說，臉上還帶著一塊烏青。

典韋一見，不由得勃然大怒，「哪個混蛋，竟敢生事？」

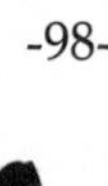

章六　皇親國戚

曹朋、典滿四人，陪著張氏和曹楠進了許都之後，直往西里許而去。

古時的大夫，大體上分為兩種。

一種是遊方大夫，很多時候，這種大夫都是招搖撞騙，沒有什麼真本事。當然也有例外，比如大名鼎鼎的華佗，就屬於遊方大夫。似華佗那種人，遊方的目的是為了增進醫術，增強閱歷……還有一種可能，則是借遊方的機會，結識權貴，以求飛黃騰達，這都不一定。

還有一種是坐堂醫，大都是居於一地，開設醫館。這種人往往有一定名氣，在當地也有些社會地位。許都作為帝都，自然不缺名醫。許多洛陽長安的名醫，紛紛前來許都落戶，以求取更大聲名。

曹朋陪著張氏和曹楠，來到西里許一家名叫回春堂的醫館。

這館中的坐堂醫，名叫蕭坤，個頭不高，矮矮胖胖。五旬左右的年紀，頭髮半黑半白，說起話來也慢條斯理，帶著一股很濃郁的關中口音。此人原本是長安的坐堂醫，隨漢帝一同逃往許都，並很快安頓下來。整個西里許，無人不知道這位蕭坤蕭先生的名頭，專治婦科。

「母親、姐姐，妳們在這裡看先生，我和阿滿哥哥去買些東西。」

張氏於是點點頭，陪著曹楠在醫館中等候。

而典滿則拉著曹朋，逕自往外走。

「阿福，我帶你去個好地方，估計你一定會喜歡。」

曹朋本想著買一些生活用品，卻被典滿拉著，逕自來到一個大院子裡。

走進院子，曹朋才知道這裡竟然是一個鬥獸場……嗯，也不能說是鬥獸場，換成鬥犬場，可能更妥貼。

鬥犬場裡的鬥犬，大都是以一種廣東南海特產的沙皮犬為主。

在東漢末年，這種沙皮犬又叫做大瀝犬，或者打犬，從南海引進，逐漸成為中原達官貴族們所喜歡的一種運動。由於沙皮犬皮膚鬆弛，不容易被咬傷，所以很適合做鬥犬來馴養。當然了，

在後世鬥犬這種活動，或明或暗一直存在，而鬥犬的種類，也有很多種，沙皮甚至排列不進前十。曹朋前世為破案，也見過很多次場面血腥的鬥犬比賽，遠非眼前這種鬥犬可比。

不過看得出來，典滿興致勃勃。

兩頭沙皮正在場地裡撕咬、打鬥，渾身鮮血淋漓，一干權貴子弟，大呼小叫個不停，看上去都非常的興奮……

「怎麼樣？」

「很普通嘛……」

典滿很來勁，可曹朋說句心裡話，對此還真沒有興致，「阿滿哥，我對這玩意真沒太大興趣。要不然你在這裡玩，我去買點東西，一會醫館見？」

「買什麼東西，回頭給我個單子，我找人就是。阿福，我跟你說，今天這種場面可不多見，有好多打犬參戰。怎樣，有沒有興趣賭一把？」

曹朋搖搖頭，看了看周圍大呼小叫的人們，不禁微微哂然。

這些人，還真是好賭啊……不過想想也是，東漢末年的娛樂生活，的確不怎麼樣。除了那幾樣之外，人們的娛樂活動，好像就剩下打炮生孩子了……日出而作，日落而息，聽上去的確是一

種美好而又健康的生活方式，可若仔細一想，又何嘗不是因為物質生活的匱乏所致？

賭，是人之天性啊！

曹朋腦海中，突然浮現出一個奇怪的念頭。

單憑典韋的照拂，終究不是長久之計。寄人籬下的日子並不好過，時間長了的話……即便是自己把老爹炒作起來，同樣也需要錢帛上下打點。

誰敢說，曹操麾下，沒有不貪財的人？

至少，曹朋就知道有那麼一個人，似乎是非常貪財。

嗯，如果做這種事的話，似乎還真就需要與此人合作，憑他的身分和背景，應該不會太難。

不過，想要說動這個人，恐怕也不太容易。

曹朋還要擔心，一旦生意做開了，保不住會被對方侵吞資產。後世的法治社會裡，這種事情還層出不窮，更不要說是在東漢末年的混亂時代。至於市場？曹朋還真不太擔心……只看這鬥犬場中，一個個紅著眼睛，大呼小叫的紈褲子弟、權貴達人們，就能看出個端倪。

這件事，還需要仔細籌謀一番……

曹朋這邊想著，就想的入神了。

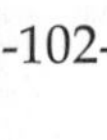

「咦？」

就在這時，曹朋聽到身邊典滿發出一聲輕呼。他回過神來，就見典滿歪著頭向旁邊看，嘴巴裡還自言自語的說：「真晦氣，他怎麼也在這裡？」

曹朋順著典滿的視線看去，就見不遠處，鬥犬場圍欄旁邊，一個年紀不大，看上去好像和典滿差不多的少年，正大呼小叫，興奮異常。這少年生的肩寬背厚，腰肢粗大，乍看有點像頭猛虎，個頭比典滿低一些，不過手臂很長，好像秋猿長臂一般，使得整體非常不協調。

似乎覺察到了典滿和曹朋的目光，少年扭頭看過來。一雙細長眼眸，乍看猶如毒蛇。他見到典滿，不由得微微一怔，臉上頓時流露出一抹古怪笑容，轉身向典滿曹朋走過來……

典滿輕聲道：「這傢伙就是許老虎家的虎崽子！」

許老虎，許褚？這少年是許褚的兒子？

曹朋正疑惑間，少年已經走過來，「阿滿，最近可是很少見，聽說你忙著幫你爹造刀？」

「許儀，你怎麼在這裡。」

「廢話，我為什麼不能來？」少年說著話，拉著典滿就往前面擠，一邊走還一邊說：「我爹給我弄來了一頭好打犬，已經連勝十三場了……嘿嘿，快點快點，接下來就該牠登場了。」

看樣子，許儀和典滿還挺熟。

許儀是許褚的獨子，力大無窮，也是個好勇鬥狠的人。此前，他和典滿關係挺不錯，兩個人年齡相差不多，又都是武人出身。許儀的出身好，可典韋的官職卻比許褚高，兩下扯平，所以也沒有什麼高下之分。

說句心裡話，典韋和許褚之所以鬧到現在這種尷尬的地步，原因有很多。其中有人為的推波助瀾，也有曹操在私下裡的默認。曹操對典韋、許褚都很喜愛，但相對的，喜愛典韋的程度更多一些，可這並不代表，曹操能容忍典韋在近衛軍中一家獨大。

曹操需要有一個人能制約典韋，而許褚，就成了最合適的人選。不管許褚是否願意，曹操都會把他推到前面來，和典韋唱對臺戲。這件事，不是他能改變。

兩人的對立，也造成了下一代人的疏遠。

鬥犬場中，一頭傷痕累累的沙皮鬥犬，驕傲的昂首退下。場中的沙土地上，一頭瀕死鬥犬，正輕輕抽搐，口中發出低沉的嗚咽，鮮血浸紅了牠身下的沙土地，看上去格外刺眼，而鬥犬場周圍，則有人歡呼，有人咒罵，氣氛越發的熾烈起來。

曹朋蹙了蹙眉毛，在心裡嘆息一聲。

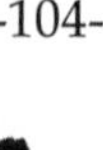

「阿滿，我跟你說，我那頭鬥犬名叫黑鼬，厲害得很呢。十三場連勝……哈，今天一定可以大獲全勝。怎樣，要不要賭一把？這裡的鬥犬，任你挑選，只要能勝過我家黑鼬，我就送你一匹好馬。不過你要是輸了，得送我一把好刀……嘿嘿，我可聽說了，你爹造出不少好刀。」

記得當初李肅為董卓說降呂布的時候，曾說過這樣一句話：呂布，當時豪傑，所愛者無非高官厚祿，美女金銀。除此之外，能令其心動的，也只有寶馬良駒，和神兵利器了……

寶馬！寶刀！聽上去好像沒什麼吃虧佔便宜。典滿不由得有些心動，眼珠子滴溜溜打轉，目光向曹朋看去。

「這位是……」許儀一開始，還以為曹朋是典滿的隨從。因為曹朋的衣著實在是太普通了。可是看典滿的樣子，他立刻明白過來，這個看上去略顯瘦弱的少年，恐怕也非普通人。

「在下曹朋，許兄剛才所說的好刀，就是由家父所造。」

「啊？」許儀眼睛登時一亮，「你是曹大家的公子？」

也不知道是在什麼時候，曹汲從『宗師』，已被人尊為『大家』。其實二者之間區別並不大，只不過『大家』從稱呼上，聽上去更親切一些。同時，也代表著一種獨特的身分地位。

比如東漢末年名士蔡邕，書樂絕倫，學問高深，所以就被稱之為蔡大家。

可不是什麼人，都能當得上『大家』這個詞，必須是當中的翹楚，才配得上『大家』之名。

許儀這一個簡單的稱呼，也反映了許都城中，大多數人對曹汲的態度。

曹朋欠身還禮，「許兄，非是阿滿哥小氣，而是這次打造出的天罡刀，實有重要用途，就連阿滿哥都難得一口。若許兄不介意的話，等將來我爹再造刀時，一定會留一把給許兄。」

「真的？」

「一言既出，駟馬難追。」

許儀頓時樂得咧開了嘴，連連點頭。

典韋和許褚是有矛盾，而曹朋又是典韋這邊的人。

可曹朋卻看的清楚，這裡面的矛盾，人為操作因素很大，實在沒必要和許褚搞得關係太僵，畢竟他也是曹魏日後的一員大將。哪怕典韋還活著，但許褚的本事在那裡，誰也無法改變。

見面留一線，又何苦為他人鬥個你死我活？

長輩間的事情，有時候迫不得已，可沒必要牽連下一代。

看得出，這許儀也是個爽利的人……曹朋並不想刻意去結交，但也不想為小事，惡了對方。

「開始了，開始了！」

一頭黑色沙皮，走進鬥犬場。許儀頓時大聲叫喊，興奮的手舞足蹈。

曹朋拍了拍典滿的手臂，在他耳邊輕聲道：「阿滿哥，大人間的事情，你我不要參與。該怎樣就怎樣，沒什麼大不了的……典叔父心裡，也未必真想要和許老虎鬧翻，咱們走著瞧。」

典滿輕輕點頭。

不得不說，許儀這頭沙皮鬥犬，的確是非常凶悍，很明顯是經過高人訓練，一舉一動都透著章法。牠的對手，是一頭強壯的棕黃色沙皮，外表凶悍，身上傷痕累累，顯然是經歷過無數次慘烈的搏鬥。兩頭鬥犬打得極為精彩，一個狂猛剽悍，一個是靈活詭詐。

「阿福，你看誰能贏？」

曹朋一直暗中觀瞧，透過前世對鬥犬的瞭解，曹朋倒也看出了端倪。

許儀的黑鼬似佔居上風，一直壓著那頭棕色沙皮撕咬。可如果仔細觀察，就會發現棕色沙皮雖然狼狽，卻沒有露出絲毫亂象。反倒是有意無意的，消耗著黑鼬的力量，或騰挪躲閃，或退讓翻滾……總之，牠一直留著力氣，好像身經百戰的高手，默默蓄力，等待致命一擊。

「許兄，黑鼬危險！」

曹朋突然大聲叫喊，許儀一怔，旋即笑道：「不可能，我的黑鼬，一定能贏。」

話音未落，棕色鬥犬突然無聲撲出，巨大的身體在此時卻顯得格外靈動。黑鼬剛撲擊失誤，還沒來得及穩住，被棕色鬥犬一下子撞翻在地。黑鼬哀嚎一聲，在沙地上打了個滾想要站起來，那棕色鬥犬卻不給牠機會，前爪猛然扣住了黑鼬的腰胯，利爪直沒入黑鼬粗糙皮肉，黑色的皮毛頓時變成暗紫色……

黑鼬淒厲嚎叫，棕色鬥犬前爪用力，後肢一蹬，唰的往前一竄，張開血盆大口，狠狠的咬中了黑鼬的脖頸，黑鼬嘶吼一聲，旋即匍匐血泊中。

「該死的……」

黑鼬剛才還佔據上風，這一眨眼就變成了死狗。變化的太過突然，以至於許儀連叫喊投降的機會都沒有。

「那是誰家的鬥犬？」典滿疑惑的問道。

許儀伸手，遙指鬥犬場的另一端。順著許儀手指的方向看去，一個華服少年，正一臉笑容的朝這邊看，在他身後，有不少隨從，看上去氣概頗為不凡。少年年紀應該在十六、七歲左右，劍眉朗目，鼻樑高挺，齒白唇紅。

典滿看清楚了華服少年，濃眉一蹙，扭在眉心：「許儀，你怎麼和他鬥犬？」

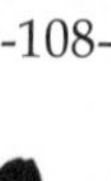

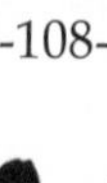

說完，典滿對曹朋解釋：「他叫劉光，是琅琊孝王劉京之後，如今忝為衛將軍，臨沂侯。」

琅琊孝王是正經的東漢宗室，乃是東漢光武帝劉秀的小兒子，其子嗣眾多，傳至今日，卻似乎只剩下了那華服少年劉光一支。

劉光家住洛陽。漢帝被董卓裹挾，從洛陽遷都長安的時候，劉光的父母在亂軍中被殺，當時劉光年僅九歲。漢帝劉協見他可憐，就把劉光留在身邊。董卓也不可能去關心一個九歲的孩子，故而也沒去理睬。後漢帝逃離長安，劉光一路隨行，為漢帝做了不少事情，還幫他解決了許多麻煩，所以漢帝定都許縣之後，劉光就被封為衛將軍。

說是衛將軍，但劉光手裡卻沒有半點兵權，只是一個空架子而已……

許儀說：「不是我要和他鬥，是他主動找上門來。沒想到這傢伙居然有這麼一條好犬。」

雖然許儀沒說出來，可曹朋大致上也能猜出一個端倪。漢帝遷都許縣之後，名義上是有所好轉，其實和在長安並沒有太大的區別。曹操不是董卓，但大權獨攬，漢帝只不過是個傀儡而已，在朝堂上，根本就沒有漢帝劉協的聲音，所謂迎奉天子，不過是一個幌子罷了。

君弱臣強，大體上就是這麼一回事。

曹操所需要的，只是漢帝的名義，當然不希望漢帝劉協插手朝政。於是乎，便有了所謂的保

皇派。那些追隨漢帝來許縣的漢臣們，未必都真的是想要忠於漢帝，但在曹操獨大的狀況下，他們也別無選擇，為了各自的利益，於是就團結在漢帝周圍。

漢帝定都許縣之後，沒多久便發生了太尉楊彪的案子。

對外說，是楊彪圖謀罷黜皇帝，但實際上，還是因為楊彪試圖以漢帝的名義，從曹操手中分出權柄，再加上楊彪與袁術有姻親關係，也使得曹操對楊彪極為厭惡，二者合在一處，就有了滿寵刑訊楊彪之事……最終，楊彪無罪開釋，滿寵也因此被趕出許縣，出任汝南太守。

保皇黨似乎贏了，可同時，漢帝和曹操之間的爭鬥，也在無聲中拉開了序幕……

這種事情，可不是曹朋一介升斗小民能參與其中。許儀也好，典滿也罷，無疑是曹操的支持者；而劉光身為漢室宗親，又是漢帝最信賴的兄弟，在無形之中，就成為保皇黨的代表。

這同樣不是能以個人意志為轉移的事情。

「許儀，你和他賭了什麼?」

「就是、就是我爹送我的那匹黑龍！」

典滿這時候也顧不得許儀和他之間的矛盾。有敵兮，就要一致對外……這些傢伙平日裡遊手好閒、爭強鬥狠，可是在大是大非面前，倒是能守住陣腳，分清楚敵我狀況，聯起手來。

黑龍，是一匹馬的名字。建安元年，許褚舉家投奔曹操。曹操愛其勇猛，於是將自己最心愛的一匹馬贈給了許褚，而當時正逢許儀十五歲生日，於是許褚又把那匹馬送給了許儀。

據說，那黑龍是西域汗血寶馬，絲毫不輸呂布的那匹赤兔嘶風獸，個頭高大，修長挺拔，強健的四肢，全身有著如匹緞般閃亮的黑色皮毛，唯有四蹄長有棕黃色的毛髮……

那匹馬，不曉得讓多少人為之羨慕嫉妒恨！

「你居然拿黑龍做賭注？」

「我以為、我以為能贏嘛……」

許儀明顯是急了，惡狠狠道：「那小子陰我。」

「什麼陰不陰的……你又不是不知道，劉子玉老爹生前就擅教犬，這傢伙在長安，訓練出來的鬥犬據說是無人能敵，連董卓老賊的愛犬，也被他的鬥犬咬死……你居然和他賭黑龍。」

「我……」許儀有點心慌。

當初，劉光養犬，咬死了董卓的愛犬，於是便得了『漢家犬』的名號。

從某種意義上來說，劉光不管和誰鬥犬，都代表著皇室。許褚是曹操的近衛，而黑龍又是曹操曾經的愛馬，就連漢帝劉協對那匹馬也是讚不絕口。如果輸給了劉光，豈不是說，曹操帳下無

人？可偏偏，這願賭服輸，天經地義。許儀急得不知所措，典滿只好把目光，轉向了曹朋。

這時劉光已走了過來。他一身華服，舉止優雅，臉上帶著和煦笑容：「許儀，你輸了！」

許儀一咬牙，「我輸了認輸，你想怎地？」

「呵，我只是想提醒你一聲，既然輸了，可別忘記我們之前的賭約，你不是想要賴賬吧？」

「王八羔子才賴賬……」許儀破口大罵。

劉光臉上的笑容卻更濃。

曹朋嘆了口氣，在典滿期盼的目光中，邁步走出來：「臨沂侯留步。」

劉光一怔，轉身向曹朋看去：「小兄弟，又是那家子弟？」

曹朋猶豫了一下，「我是阿滿的兄弟，名叫曹朋……你和許儀大哥之間作賭，我本不該阻攔。但有一句話，我不知道當不當講。」

曹朋？劉光沒聽過這個名字。但本能的以為是曹氏子弟，臉色微微一沉，「敢問有何見教？」

此時，鬥犬場周圍的人們都朝這邊留意。曹操與皇室的這一次碰撞，究竟會是怎樣的結果？

曹朋走上前，「請臨沂侯命人警備。」

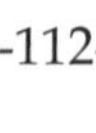

劉光愣了一下，旋即明白曹朋的意思，擺擺手，示意身邊的人退到一旁，拉開了一個空間。

「臨沂侯，你想害陛下嗎？」

劉光眼睛一瞇，「你這話什麼意思？」

「我不清楚臨沂侯的目的究竟是什麼，但不管臨沂侯是不是想，在外人眼中，您代表的是陛下。陛下得天之幸，自長安脫離虎口，千里迢迢，終於穩定下來……你今天如果真牽走了許儀的黑龍，勢必會加劇許都城裡的矛盾。今曹司空正為興復漢室而奔波忙碌，您這樣做，等同攪亂許都的平靜，到時候，會發生什麼狀況，誰都不敢說……你敢擔這個責任？」

劉光臉色一變，「你威脅我？」

曹朋搖搖頭，「我實話實說而已，至於是否危言聳聽，以臨沂侯之才智，想必能看的透徹。」

劉光，陷入了沉默。

曹朋伸手，從腰間解下佩刀，「我這支龍雀，可能比不得許儀的黑龍，但確是家父親手所造。臨沂侯，得饒人處且饒人，退一步大家才有商量的餘地……若臨沂侯喜歡，就贈與臨沂侯，如何？」

曹朋這支佩刀，是曹汲親手所造。採用和其他繯首刀相同式樣，配合曹朋的特點，專門設計，刀長四尺八寸，極為鋒利，可斷十二劄。

劉光拔出刀，臉色微微一動，「令尊是……曹大家？」

曹朋微微一笑，也不言語。

劉光凝視曹朋，沉吟片刻後，突然笑道：「既如此，我就收下此刀。曹兄弟，若有機會，咱們再把酒言歡。」說罷，他一拱手，帶著人就走了。

曹朋不由得長出一口氣，只覺得後背冷颼颼，出了一身冷汗。

「阿福，你怎麼把刀給他了？」典滿一把攫住曹朋的胳膊，「那支刀，可是曹叔父專門為你打造出來的防身之物，你怎麼……」

「輸了，總得付出點什麼。」曹朋微微一笑，「難不成，要把曹公臉面丟盡？」

「曹兄弟……」許儀不由得一陣激動。

他雖然不清楚曹朋那支刀的來歷，可是看典滿的樣子，就曉得那刀定然價值不菲。許儀不曉得該怎麼感謝，聽了曹朋那句話，他上前一步，拱手一揖，「日後若用得著許儀，絕不推辭。」

曹朋，笑了……

一口刀，換一個人情。

這種事很難說清楚是賠還是賺，見仁見智而已。典韋和許褚的暗鬥還會繼續，但可以肯定的是，兩人之間會保持著一條底線，誰也不會逾越過去。如果有一天，真到了不可調和的時候，曹操肯定會站出來為他二人說解。所以，從某種程度上來說，典滿和許儀還是一個陣營。

既然是一個陣營，自然應該相互幫助。

曹朋與許儀客氣一番，對典滿說：「阿滿哥，咱們回去吧，估計我娘和我姐姐也差不多了。」

許儀輸了一場，還賠上一條鬥犬，也沒心情繼續待在這裡，於是，三人一起走出了鬥犬館。

曹朋和典滿正要與許儀告辭，忽見鄧範跑過來，遠遠的就喊道：「阿福，我總算是找到你了……快去，嬸子在醫館外面被撞傷，虎頭和他們理論，打起來了。」

曹朋一怔，「你說什麼？」

「嬸子被撞傷，虎頭和他們打起來了。」

「誰撞傷了我娘？」

「不知道，那些人很蠻橫。」

曹朋沒有再問，二話不說，撒腿往醫館方向跑去。

典滿大聲道：「阿福，等等我……」

他左右看了一下，從鬥犬館的大門旁邊，拔起一支幌子。把布幔一抹，扔到旁邊，就剩下一根粗有兒臂一般的棍子。

「大熊，咱們走。」說完，兩人就追著曹朋離去。

許儀被這場面給弄得有點發懵，呆愣愣站在鬥犬館的門口。

「少爺，咱們怎麼辦？」幾個家將上來，低聲的詢問許儀。

許儀這才反應過來，臉一沉，怒聲道：「他娘的能怎麼辦？人家剛幫了我，老子豈能袖手旁觀！」

「可是老爺和典中郎……」

「那是他們的事情，和我無關。給我抄傢伙，一起上！」

許儀怒斥一聲，抬手把鬥犬館門旁的另一根幌子拔下來，學著典滿扔掉布幔，撒腳追過去。

幾個家將相視一眼，也連忙跟過去。許儀都衝上去了，他們這些家將，又豈能置之不理呢？

醫館門前，混亂不堪。

張氏倒在曹楠的懷裡，昏迷不醒。

曹楠這時候哭得是梨花帶雨，不停的呼喚張氏的名字。王買好像一頭瘋虎一樣，和一群人打成一片。只見他拳打腳踢，在人群之中騰挪閃躲，沙陣中苦練出來的步伐，在這一刻有了用處。

但是，對方人數明顯佔據優勢。幾十個人圍著王買，有的手裡還拎著傢伙。幾個少年騎著馬，站在人群外，大呼小叫：「給我打，打死他們……差點驚了我家花兒，不能放過他們。」

「打，往死裡打！」

王買的身手雖強，可畢竟身單力孤。而且，對方一群膀大腰圓的家奴，明顯是沒有任何顧忌，有的人手中甚至還拎著明晃晃的鋼刀。一眨眼的工夫，王買身上就多出了好幾處傷口，鮮血染紅了衣裳。可如此一來，卻又更激發了對方的凶性。雖則王買打傷了好幾個人，其餘的人卻朝他發起更凶猛的攻勢。

「哥哥，那小娘子倒也俊俏。」

「你他娘的真是不忌口，懷著身子你也看得上？」

「嘿嘿，我長這麼大，還沒搞過有身子的……給我把那小娘子抓起來，帶回府中盤問。」

幾個少年嘻嘻哈哈，其中一個明顯是酒色過度，指揮著家奴去抓曹楠。

「姐姐，快走！」王買見此狀況，不禁大聲叫喊。

一個失神，被對方一刀砍在了肩膀上。好在王買這些日子一直刻苦習武，身體各處已有了自我保護的機能。當鋼刀落下，他肩膀本能的向下一沉，噗的一聲刀入肩膀，鮮血濺在他的臉上。

劇痛令王買頓時暴走，抬手一把攫住那家奴的胳膊，用力一轉，只聽喀嚓一聲，將那家奴的手臂，生生扭斷，旋即猛然後退，八極拳鐵山靠的功夫施展出來，蓬的撞飛了一個人……

可他再能打，終究雙拳難敵四手。

曹楠這時候嚇傻了，眼看著對方向她逼來，竟不知所措。

「我操你祖宗！」

就在家奴伸出手，想要抓住曹楠的時候，人群外突然傳來一聲暴喝，緊跟著一根木棍呼嘯著飛來，狠狠拍在那家奴的頭上，巨大的力道，砸的那家奴慘叫一聲，登時頭破血流，昏倒在地。

鮮血噴濺在曹楠的臉上，這才讓她清醒過來，發出一聲刺耳的尖叫。

「救命啊……阿福！」

「姐姐，別擔心……我來了！哪個敢碰我姐姐，我掘他祖宗十八輩的墳！」

隨著一聲暴怒咆哮，圍觀人群頓時亂成一團。

曹朋風似地從人群中衝出來，見母親昏迷，曹楠驚恐，而王買渾身浴血，頓時火冒三丈。他踏步閃身衝進戰團，身形原地一旋，奪過一個家奴手中的長刀，反手啪的一巴掌，拍在那家奴的手臂上。這一掌，比之早兩個月和夏侯蘭交手的那一巴掌，不曉得重了多少倍……

曹朋如今隱隱就要突破了那個瓶頸，手上的力量也比從前增強許多。暗勁混合著巨大的力量，一掌下去，那家奴的臂骨就被他拍斷，疼的家奴慘叫一聲，再也拿捏不住手中鋼刀，曹朋則趁機順著那家奴的力量往前一帶，而後踏步搶進中宮，腰胯一甩，肩膀暗含勁力，蓬的一下子就把對方撞飛出去。

這一招連消帶打，可謂行雲流水一般，那股暗勁只一下子就震斷了對方的肋骨。旋即，他彎腰抄起鋼刀，「虎頭哥，堅持住，我來了……」

別看曹朋個頭不高，身子又單薄，好像不堪一擊的樣子。可他出手，卻比王買更加毒辣。一刀下去，就砍斷了對方半截胳膊，任由對方哭喊哀嚎，曹朋面不改色……

王買打翻一人後，見曹朋過來，頓時興奮不已：「阿福，別放過他們，嬸子就是被他們打傷的。」

這時典滿已經衝了進來，拳打腳踢，如同一頭下山猛虎。只是和曹朋那種手段相比，典滿就顯得很仁慈。曹朋雖說只傷人，不殺人，可他卻專砍人手腳，只要被他傷到，就別想再爬起來。一路殺過去，地上倒著四、五個家奴，全都缺胳膊斷腿，而曹朋則渾身浴血，猶如一頭凶獸。

「典滿？」幾個公子哥顯然認得典滿，不由得有些躊躇，「伏均，怎麼辦？」

幾雙眼睛向為首的少年看去，那少年臉上閃過一抹陰狠之色，「都到了這個地步，咱們要是跑了，日後休想在許都抬頭。給我上……反正他們也就四個人而已，咱們這麼多人，怕什麼？給我打，生死不計……出了人命，我頂著。全都給我上，把他們給我殺了……把那老乞婆和那個女人拿下，看他們還敢不敢動手。如果還敢還手，先殺了那兩個女人。」

幾個少年顯然都是權貴子弟，身後都跟著家將奴僕。聽為首少年這麼說，其他幾人一咬牙，大聲道：「都給我上！」呼啦啦從他們身後又衝出二十餘人。不過這些人的打扮，明顯和那些家奴不一樣，個個都透著剽悍之氣。

鄧範搶過一把鋼刀，護著曹楠和張氏。

長街另一邊，許儀帶著人也衝過來了……雙方基本上沒有任何廢話，二話不說，就動起手來。

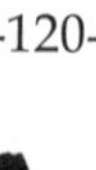
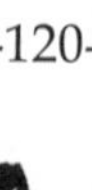

「娘的，許家人怎麼也上了？」

如果只是一個典滿的話，他們還不擔心。畢竟典家在許都，屬於那種根基不深，沒什麼大背景的主，而且典韋和許褚鬥得正凶，估計也抽不出手來。可現在許儀加入了，意義可就有些變了。典韋也好，許褚也罷，都屬於那種蠻橫的人，而許褚背後，還有個千人宗族。

「伏均，別再打了。」一個少年策馬到伏均跟前，低聲道：「這事情鬧得有點大了，如果真傷了典滿和許儀，到時候可難收拾。」

「楊修，少在這裡動搖軍心。這麼小的膽子，以後怎麼做大事？就算是典滿和許儀又怎麼樣，我姐姐是皇后，我才不怕他們。」

楊修不禁有些害怕，趁人不注意，退到了一旁。楊修的父親，就是前太尉楊彪。剛被曹操收拾了一通，如今正夾著尾巴做人。楊修年十二歲，但是很聰明，他知道父親的處境，所以特意去結交朝中權貴子弟，以期能緩解楊彪的困境，但這個時候，他很清楚……絕不能上前。

許儀的加入，頓時緩解了曹朋等人的困境。曹朋雖說砍傷了幾個人，但等對方的高手加入之後，便立刻捉襟見肘，有些吃力。若非他身法靈活，招式奇妙，說不定就被打傷了，而典滿、王買卻有些抵擋不住，兩人都傷痕累累。

「許儀，幫我護著我娘！」曹朋大聲呼喊。

他們吃力，鄧範的狀況更慘，如果不是這傢伙拼了命，曹楠和張氏必然被對方抓住。

許儀二話不說，厲聲道：「許方、許平……過去幫忙！」手中木棍呼呼作響，罡風陣陣。

兩個家將從許儀身後撲出，一左一右，衝到鄧範跟前，聯手攔住了對方。

這時候，從斜對面的酒樓裡走出三個少年。全都是一身戎裝，器宇軒昂。為首一個少年，聽到這邊的嘈亂，下意識的探頭看了一眼。這一看，頓時臉色大變，二話不說，就抽出長刀。

「是典滿和許儀……曹遵、朱贊，咱們過去幫忙。」

另外兩個少年聞聽，也不猶豫，隨著那少年就衝了過去。

「阿滿，許儀，休要驚慌，我來助你！」

典滿玄之又玄的躲過一刀，抬頭看去，頓時喜出望外，「娘地，曹真、曹遵、朱贊，快來幫忙！」

伏均一見這三人加入，臉色也變了。

那三個人，可不比典滿和許儀的來頭小。曹真，那是曹操的族子，視若己出。曹遵和朱贊，也是曹真好友，三人平時常在一處，猶如親兄弟。

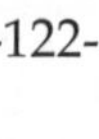

楊修眼珠子滴溜溜打轉，左顧右盼。這事情越來越大，曹真三人加入，恐怕是有點收不住了！

那老乞婆是什麼人？看上去普普通通，居然一下子牽扯出這麼多傢伙？楊修這時候真覺得自己不該湊這熱鬧。

雙方混戰一處，曹真三人的加入，再一次分擔了曹朋身上的壓力，他出手也就越發狠辣，雖然自己也被打得傷痕累累，可折在他手裡的對手，至少有七、八個，而且全都失去了戰鬥力。

不過，曹朋一方，還是處於人數劣勢。

眼見曹真三人加入以後，雖緩解了危局，可畢竟人手不夠，漸漸地又一次被對方包圍起來。

曹朋砍斷了一個家將的手指，趁著那家將吃痛躲閃的時候，偷眼向四周看了一眼。

他一眼就看到了不遠處，坐在馬背上觀戰的伏均。本來，他是在戰場的另一邊，可隨著戰局推移，漸漸的轉移到了這邊。他心裡默默計算了一下，距離伏均，大概也就是二十多步……

射人先射馬，擒賊先擒王！

雖然不曉得伏均是什麼來頭，可是看老娘昏迷不醒，曹朋哪裡還能顧忌許多？掌中長刀一振，手中刷的一轉，一招夜戰八方，將兩個家將逼退，而後猛然一個旋身，手中長刀刷的一下子

就脫手，朝著不遠處正觀戰的伏均，呼嘯著飛了過去。先把這個傢伙，解決了再說！

「公子，小心！」一個家將覺察到了不妙，嘶聲大吼。

他上前一步，將曹朋踹翻在地，可沒等他拿住曹朋，一旁虎頭大叫一聲，就把他給纏住。伏均正看得心驚肉跳，忽見一把長刀飛來，嚇得他大叫一聲，連忙躲閃。可他卻忘記了，他不是站在地上，而是坐在馬上。

就聽撲通一聲，伏均從馬上摔在地面。他摔下來了，可他那匹馬，卻不安分了！伏均的馬，也是一匹好馬，即便是比不得汗血寶馬，但也擁有著極為高貴的西域龍馬血統。只是，這匹馬從小就被圈養，野性早就失去，而且從未上過戰場，以至於那長刀從牠身邊掠過，牠卻驚了！

伏均正掙扎著要爬起來，就見馬兒前蹄落下，好死不死，正踹在伏均的腿上。

馬兒一蹄子，生生踩斷了伏均的大腿，整條腿有一個極為明顯的曲折，看上去格外的恐怖。

身邊的幾個少年，都傻了……

楊修見沒人留意，從馬上溜下來，一眨眼便混入人群當中。開玩笑，這都快要出人命了！如果再留在這裡，估計自己就會跟著倒楣，說不定還會連累老爹。

就在楊修剛溜走，長街盡頭傳來一陣急促馬蹄聲，有人吼道：「虎賁奔走，閒人閃避！」

如雷聲般的馬蹄聲，轟隆而響，與此同時，從長街的另一邊，也有一支人馬正迅速的逼近。

「侍中大人到，全部住手，全部住手！」

「哪個敢傷我阿滿，我要他全家陪葬……」

「立刻住手，膽敢再動，格殺勿論。」

一連串的叫喊聲，此起彼伏。曹朋躺在地上，如釋重負般，長出一口氣。草泥馬的，典韋你終於來了……你再不來，老子就得死在這裡。

一個家將看曹朋沒有防備，一咬牙，掄刀就撲了過去。衙門裡的人來了，估計想動典滿這些人，很困難。可殺了這小子，至少也能在老爺跟前露一小臉，畢竟，伏均公子可是斷了腿。

「阿福，小心！」典滿一屁股坐在地上，正大口的喘氣，眼見曹朋危險，他不由得大吼一聲，有心過去阻攔，可距離太遠……

沒等典滿喊完，就見一條人影從旁邊呼的撲過去。隨即只聽一聲大叫，曹朋只覺得一股熱血，噴在了他臉上。

「大熊！」、「鄧範兄弟……」

王買和曹楠，同時呼喊出聲。

就見鄧範擋在曹朋身前，那家將的刀正砍在他胸口。

鄧範怒吼一聲，抬手抓住了刀背，猛然衝過去，一拳轟在家將的臉上。

剛平靜下來的局勢，頓時又起了波瀾。幾個伏均的家將作勢就要衝上去，卻聽一聲巨吼，好像沉雷在長街上空炸響，「老子說過，都給我住手！」

三道寒光呼嘯而來，蓬蓬蓬，正劈在三個家將的身上。

那寒光，是三支手戟！

典韋一臉殺氣，虎目中閃爍一抹冷酷之意。他眼珠本就有一種渾濁的黃色，此時更顯駭人。

「君明，你也住手！」荀彧催馬上前，森冷的目光掃過長街眾人，他看了一眼遍地哀嚎的家將和伏均，然後又打量了一眼曹朋、鄧範等人，修長劍眉不禁一蹙。

「先生呢？這裡不是回春堂嗎？先生都死了不成？」

「沒死，小人還活著。」一個頭髮半黑半白的矮胖子，從回春堂一路小跑出來，「小人蕭坤，叩見侍中大人。」

「既是先生，沒看到這邊許多傷者，還不過去救治？」

「這個……」蕭坤撓撓頭，頗有些為難，「小人專治婦人病，可這刀劍傷，卻非所長。」

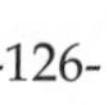

「止血會不會？」

「啊，這個小人很擅長。」

「那就過去幫忙止血……」荀彧被這坐堂醫氣得說不下去。

蕭坤聞聽，連忙答應。他本想先去救治伏均等人，哪知典韋縱馬到他跟前，虎目森寒，「先給我侄兒止血。」

「是，是……」蕭坤暗自叫苦，不過在典韋的注視下，還是老老實實過去，幫鄧範止血，同時呼喚醫館的夥計們出來幫忙。

荀彧看著這長街上的一片狼藉，也不禁心裡發苦。

「來人，把能站起來的人，全都給我抓起來，關進大牢。這些傷者……先救人，再做處置。」

章七 誰是誰非

許都皇城，規模遠比不上洛陽和長安的皇城，面積小，而且宮城也相對簡陋，雖然一應皆依照著洛陽皇城的結構，但看上去還是很小氣。

安樂宮中，大漢帝國的皇后，正靜靜的捧書閱讀。

她年方二九，生的花容月貌，溫婉端莊。一身緋紅色宮衣，掩住她婀娜曼妙體態，卻平添幾分莊重華貴之氣，秀髮烏黑，如匹緞一般，盤髻環繞，梳成一個墮馬髻，更添成熟風韻。

宮中很安靜，皇后手捧一卷《詩》，目光迷離。

她叫伏壽，是東漢大司徒伏湛八世孫，表字歸妹。伏壽的父親，就是不其侯，輔國將軍伏完。不過，她之所以能成為大漢帝國的皇后，卻是因為她的母親，是大漢帝國陽安長公主劉華。

劉華是桓帝之女，靈帝的妹妹。所以論輩分，伏壽和漢帝相當。初平元年，董卓遷都長安後，為漢帝選秀。伏壽就是在那時候入宮，拜為貴人，時年僅十二歲。興平二年，成為皇后。

放下了手中詩卷，伏壽輕輕嘆了口氣。在外人眼中，她是一國之后，風光無限……然則，誰又能知道，她心中的苦悶和憂愁？

漢帝名為漢帝，卻沒有半點的實權。相比之下，許都和長安並無區別。如果硬要說有的話，可能就是曹操比董卓多了份臣子之禮。對漢帝，伏壽並無太多愛意，一開始是覺得漢帝可憐，但後來……

司徒王允獻連環計，誅殺董卓。沒想到李傕、郭汜率兵殺到長安，王允最終落得自殺身亡。當時漢帝表現的太懦弱，而且也太冷靜，以至於讓伏壽對漢帝生出強烈不滿。不管王允是為爭權奪利，還是其他目的，至少他忠於漢室。可是在王允死後，漢帝把過錯都推給了司徒，表現出一種令伏壽難以置信的冷漠。

也就是從那時起，伏壽開始對漢帝劉協多出幾分不滿。

只可惜，她是皇后，而且是伏完的女兒。從出生之後，她就無法再把握住她的人生軌跡，所有的一切，都必須要聽從父親的安排……

「皇后，皇后！」有宮女匆匆跑進來，神色慌張。

伏壽秀眉一蹙，輕聲道：「本宮不是吩咐過，讀書的時候，不要來打攪？」

「皇后，是國丈，國丈求見。」

伏壽聞聽，苦笑一聲：「那讓他進來吧。」

她是個孝順的女兒，不知道該怎麼去拒絕父親。

來到許都後，伏完似乎變了很多。在長安時，伏完戰戰兢兢；可現在，似乎平添了許多欲望。丈夫是個有野心的，父親也是個有欲望的。伏壽在中間，有時候真的感覺疲憊，卻又不知道怎樣才算是解脫。

不一會，宮女帶著伏完走進了安樂宮。

伏完年過四旬，相貌堂堂，絲毫不顯老態。想想也是，如果伏完是個醜八怪的話，估計陽安長公主也看不上他。他走上宮殿，依著君臣之禮拜見之後，伏壽道：「父親，有事嗎？」

「皇后，為老臣做主。」伏完說罷，放聲大哭。

「父親，究竟怎麼了？」

伏完說：「皇后啊，伏均，伏均被人打了！」

「啊？」伏壽聞聽，大驚失色。

伏完一共有六個孩子，五男一女。長子伏德，是漢帝宮中僕人，董卓死後，隨漢帝逃亡洛陽，後為楊奉所殺。次子伏雅，在西涼諸將爭鬥之時，為掩護漢帝，慘死長安宮中，屍骨無存。而下便是伏壽，伏均是伏壽的大弟弟，也是伏完的三兒子。雖然伏完還有兩個兒子，伏尊和伏朗，但相比之下，伏均卻是伏壽最寵愛的兄弟，遠非伏尊、伏朗可以相比擬。

伏均出生的時候，伏壽還未出嫁，可以說，姐弟二人從小一起長大，而伏尊和伏朗，出生後不久，伏壽便嫁到宮中，幾乎沒有任何的交流和接觸……

伏壽忙問道：「阿均為何人所害？傷勢如何？」

「腿，他的腿……斷了！」伏完說罷，涕淚橫流。

而伏壽只覺得心中絞痛，呼的站起來，厲聲問道：「是何人所為？」

「典滿和許儀，還有曹真等人助紂為虐。」

「哦？」伏壽鳳目微合，復又坐下來，「那又是因為何故，發生了衝突？」

「這個……是典滿、許儀，橫行西里許長街，撞傷了路人。伏均上前阻攔，被他們打傷。」

伏壽凝視著伏完許久後，嘆息道，「父親，你可知道，若欺瞞本宮，同樣是犯上之罪啊。」

「阿均是什麼性子，本宮不是不清楚。若說他橫行長街，我或許相信。但若說他見義勇為，本宮實難相信。再說，阿均身邊素來有人保護，怎可能輕易的就被典滿、許儀所傷呢？」

知弟莫如姐！伏壽疼愛伏均不假，卻不代表著她不瞭解伏均。

「父親，你還是實話實說吧，否則本宮不會過問此事。你也知道，陛下如今能得安身之所，全賴曹司空。你若是想藉由此事挑動是非，弄不好可是會招惹禍事，到時本宮也不好說話。」

伏完猶豫了一下後，淒聲道：「其實也沒什麼，不過是伏均在路上行走，撞了一個老乞婆，那典滿、許儀一向對皇家不滿，所以就借機出手。最可恨的是，後來典韋也跑來了，還殺了我三名家將。歸妹，妳應該還記得伏逑吧，祖上三代為咱家效力。陛下離開長安的時候，他出了不少力……也被典韋所殺。荀文若非但沒有處置兇手，還把伏均也關入了大牢。」

伏壽沉默了。她相信，事情絕不會是像伏完說的那麼簡單，可伏均畢竟是她的兄弟，她也實不忍心看著伏均受罪。

「父親！」伏壽突然喚了一聲，起身走下來，把伏完攙扶坐下，「這件事，本宮已經知道了……本宮只想說，天家如今並不如意，許都……也非咱長久安身之所。今時局不穩，咱們卻手無寸兵，只能依靠曹司空復興天下，重整漢室江山。所以，請不要再招惹是非了。」

「那伏均……」

「伏均的事情，本宮會過問。荀侍中是個中正之人，斷然不會枉法妄為。這樣吧，本宮派人去說項，但父親莫再生事，如何？」

「這個……」

「父親，難道你想要把荀侍中也逼急嗎？」

伏壽的口吻陡然間嚴厲起來，那單薄的身子登時有一種無形的威壓。能執掌後宮，又豈是易與之輩？哪怕是一個女人，也是母儀天下的皇后，威嚴自非同小可。

伏完雖然不甘心，也只能咬著牙，輕聲道：「臣，遵旨！」

安樂宮中的悲情戲還在上演，荀彧這邊的情況也不太好過。

曹朋典滿等人共打傷三十餘人，其中有六人喪命，十七人殘廢，餘者或多或少都有傷勢。

四、五十人圍攻幾個少年，卻被打成了這副模樣，不到一天的時間，事情就傳遍了許都，一時間侍中府門外，往來人不絕，紛紛來詢問緣由。有的直接就是讓荀彧重責曹朋等人，有的則婉轉遊說，想讓荀彧把伏均等人放走。

不僅僅是伏均，尚有前車騎將軍，漢帝前皇后之父董承之子董越，越騎校尉種緝之子種平等一干漢臣子弟，均被荀彧抓回大牢。伏均最慘，大腿骨被馬踩踏粉碎，根本無法救治。蕭坤醫術雖然高明，可就像他說的，他專的是婦人病，對外傷還真就是沒有辦法。荀彧有些頭疼了！

事情已經問的清楚，是伏均等人在鬧市縱馬橫行，撞傷了當時剛好出醫館的張氏。王買和鄧範看到之後，就攔住了伏均等人。那伏均也是驕橫慣了的人，一不做，二不休，就命人動手。王買當然不可能束手就擒，於是雙方一言不和，便大打出手，引發了這場鬥毆。典滿、曹朋當時都不在現場，趕過來的時候，事態已不可收拾。

說起來，曹朋等人都沒有什麼錯，甚至還是受害者。可這幫傢伙也著實心狠手辣，居然一下子傷了三十多人。這也就罷了，還鬧出了人命……更可恨的是，曹朋更令八人致殘，殘肢斷臂，散落長街，令許多人都為之膽戰心驚。這哪裡是個小孩子，分明就是個暴徒！

更糟的情況是，曹真等人也被捲入其中。曹真不但是曹操的族子，而且從小隨曹操征戰，如今在軍中官拜牙門將，是裨將軍徐晃的部下……這不，徐晃已派人過來，要求荀彧放了曹真、朱贊和曹遵三人，否則就要翻臉。

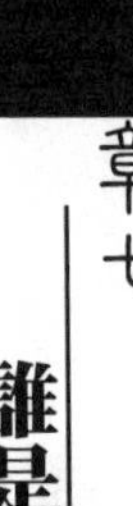

荀彧當然不怕徐晃翻臉。但……這些傢伙，還真是能惹事啊！

「老爺，宮裡來人，在門外求見，說是有要事商議。」

荀彧聞聽，腦袋都大了！從扣押伏均的那一刻起，他就料到了這個結果。只是沒有想到，宮裡會反應這麼快。

「是誰？」

「中常侍，冷飛。」

荀彧立刻站起來，瞪大了眼睛，「冷飛，親自來的？」

「正是。」

「有請！」

荀彧嘆了口氣，該來的，終歸要來。他雙手輕輕搓揉了一下面龐，端起一碗下人們煮好的綠豆湯，喝了兩口，精神為之一振。

冷飛，是荀彧的好友。其父曾在潁川書院做過教習，也是荀彧的老師。後來冷飛的父親亡故，冷飛便到了洛陽，不知怎地，後來成了宦官，而且還是當時的陳留王，如今的漢帝劉協的伴當。劉協登基之後，冷飛水漲船高，隨著劉協從洛陽到長安，從長安到許都，從未背離過。

昔日好友登門造訪，其所為何來，荀彧也心知肚明。他和冷飛多年不見，一直心懷牽掛，可現在，荀彧真不太想見到冷飛……

冷飛在下人的帶領下，走進客廳。他的年紀和荀彧差不多……嗯，大概大個三、四歲，個頭挺高，但有點胖，所以顯得很壯實，白面，頷下無鬚，濃眉大眼，鼻樑挺拔，一表人才。

荀彧到現在也沒想明白，冷飛為什麼會成為宮人，不過無所謂，關鍵是看他究竟有何說辭。

「雪子兄，別來無恙。」

冷飛朝著荀彧拱手還禮，「文若，你看上去，也大好啊……」

兩人客套一番後坐下，荀彧卻發現，未見冷飛前，他存了一肚子的話；可見到冷飛後，卻好像不知道該說些什麼。

冷飛笑了笑，「文若，明人不說暗話，我的來意，想必你也清楚。」

荀彧點點頭，沒有接口。

「許都乃天子之都，發生這樣的事情，連陛下也為之震驚。不過陛下也說了，相信侍中大人能秉公處置，對不對？」

「這是自然。」

「今曹公征伐在外，許都實不宜發生混亂。陛下的意思是，最好能盡快處理，以免落人口實。想必以文若之能，已經辨清楚是非緣由。」

這話裡話外，暗藏機鋒。荀彧是個聰明人，怎可能聽不出冷飛話語中的含意？他眼睛一瞇，靜靜看著冷飛。不知為何，昔日好友，如今坐在他面前，他感到非常的陌生。

想當年，冷飛也是個嫉惡如仇的人，對那種權臣子弟所為，恨之入骨。

哪知道……

「已經辨清楚了。」荀彧咬咬牙，下定了決心，「輔國將軍伏完之子伏均，鬧事縱馬，撞傷他人之後，更縱奴行兇，意圖傷人。典滿、許儀皆抱打不平，因而也被牽扯其中……」

冷飛目光，陡然森冷。

荀彧毫不畏懼，看著冷飛說：「雪子兄，荀彧胸懷坦蕩，可鑒天地。你不要用這種目光看我，錯就是錯，對就是對，是非曲直，公道人心。如若陛下對荀彧判決不滿，大可待曹公返回，請他重判，但若讓我裁決，那就是伏均罪有應得。依照漢律，鬧事行凶，杖二十，輸作邊戎。」

冷飛下意識握緊了拳頭，凝視荀彧：「文若，確是如此嗎？」

「絕無差錯。」

許久之後，冷飛嘆了口氣：「文若，你還是如此倔強。」

「荀彧還是荀彧，可冷飛，卻已不是穎川書院的冷飛。」荀彧站起身來，直視冷飛道：「若是我當年的雪子兄，今日即便是坐在這裡，也絕不會說出剛才的那番話。」

「你……」冷飛面頰劇烈抽搐，瞪著荀彧。突然，他笑了，「冷雪子不是當年的冷雪子，但冷飛卻很高興，荀文若還是當年那個荀文若。」

他朝著荀彧拱手，深施一禮。

「不過，冷雪子今日來，是奉了聖命。文若也不必急於做出判罰，年輕人嘛……受點磨練，也是一樁好事。只是伏均……你也知道，他是皇后的兄弟。皇后對他，素來疼愛，聽聞伏均受傷，心痛無比。他身上有傷，牢中條件又差。能否請文若你網開一面，先讓伏均出來治傷。至於他犯下什麼罪，待他傷勢好轉，再處罰如何？」

荀彧陷入了沉默。骨子裡，他忠於漢室，忠於漢帝，但同時他也清楚，能扶立漢室者，非曹操莫屬。自己能在曹營站穩腳跟，甚得曹操器重，所憑藉的，就是『居中』二字。處事不偏不倚，務求公正。如果放走了伏均，那典滿等人又該如何處置？明知道這件事的由頭，是因伏均而起，可荀彧又不得不顧慮漢家顏面，還有那些漢臣的心思。他們，會同意自己的做法嗎？

王子犯法，庶民同罪。

這句話，出自《史記·商君列傳》。

可商君最終落得一個什麼下場？荀彧讀聖賢書，當然不可能不清楚。

說起來容易，做起來難。單只是這人情世故，就讓人頭痛無比……如果放了伏均，漢臣們不說話了，漢家顏面保住了，那典韋他們又該怎麼安撫？荀彧太瞭解典韋了，惹怒了他，絕不是一件輕鬆事。那傢伙可不會聽荀彧解釋，也不太可能顧忌什麼顏面，到時候事情會越來越麻煩。

荀彧主意拿定，沉聲道：「請中常侍大人回稟陛下，就說荀彧無能，難以斷決此事，還是請曹公回還，再做論處。至於伏均……恕荀彧不能徇私。如果皇后擔心伏均身體，荀彧可安排人特殊照拂，甚至可以放太醫到獄中為伏均診治。然則，此案一日不斷，伏均一日不還。」

冷飛的臉色頓時變得非常難看。他冷冷看著荀彧，半晌後一拱手，「既然文若已有決斷，那恕冷飛冒昧，告辭。」

「不送！」荀彧甩袖，轉過身去，兩行熱淚，無聲滑落……

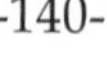

大牢結義

月光如洗，透過四四方方的囚窗，灑進囚牢。

沁人肺腑的桃花芬芳，隨著一縷清風吹進大牢，驅散囚室中潮濕腐臭的氣息，感覺很舒服。兩根二十公分長，兒臂粗細，有些扭曲的木棍豎在窗戶上。那木頭上生著嫩綠的小芽，讓人看著就覺得舒服。本來，這應該是一個大囚牢，可由於典滿等人的到來，獄卒們匆忙把囚牢裡的犯人轉到了其他的囚室當中，並打掃乾淨，迎接一干衙內們的入住。裡面擺放著八張床榻，原本鋪在地上的草垛子，也都扔了出去。

時值仲夏，天氣正炎熱，坐在這囚室裡，卻讓人感覺非常涼爽。

「典中郎，什麼時候放我們出去啊。」

許儀黑著一張臉，看著典韋。長這麼大，他還沒有進過這種地方……

典韋搔搔頭，環視牢室裡七張稚嫩的面孔，不禁苦笑起來。

「娃兒們，估計你們要在這裡住些日子了。」典韋嘆了口氣，「我剛從侍中府出來，你們荀叔父說，這樁事如今變得有些複雜了……現在已經不是單純的街頭鬥毆。伏均的腿廢了，估計這輩子都別想好。還有，你們打傷了三十多人，其中有十幾人重傷，還有六條人命。皇上已經聽說此事，並且派人來過問。」

典滿怒道：「分明是那伏均的錯，憑什麼關押我等？」

「就是，若非他縱馬鬧事，撞傷了人，還不講道理，我們又怎麼可能會動手？典中郎，我等這叫路見不平。」許儀大聲叫嚷。

牢室裡頓時熱鬧起來。獄卒們躲得遠遠的，沒有人敢靠近……這群少爺沒一個好惹。且不說典韋、許儀脾氣暴躁，就連曹真、曹遵、朱贊三人也都不好惹。

好惹的那三個，似乎很沉默。不過聽人說，這些人下手很毒辣，弄出了好幾條人命。獄卒們聽到這個，哪裡還敢過來生事？恨不得把這些人，當成祖宗一樣供奉，不敢有半點怠慢。

「吵什麼吵？」典韋怒吼，聲如雷動。

剎那間，囚室裡鴉雀無聲，再也沒人叫嚷。

誰不知道典韋那脾氣，惹急了也是個六親不認的主。看得出，他的心情也不是很好，這會要招惹他，說不定會翻臉。哪怕是曹真幾人也閉上了嘴巴，怯生生看著典韋一言不發。

「典叔父，這裡挺好！」

曹朋一直在照顧鄧範，所以沒有參與。

鄧範幫他擋了一刀，不過傷勢也不是非常嚴重。當時那狀況，伏均的家將雖有心殺人，但也有些害怕，所以那一刀，力道不大，沒傷到筋骨。

東漢著名婦科大夫蕭坤對外傷的確不擅長，但包紮卻很仔細。鄧範進了牢室後，就昏沉沉的睡了，見他呼吸均勻，沒有生命危險，曹朋這才顧得上說話。

「這裡雖然小了點，可是還算乾淨。待兩天避避風頭也好，估計外面現在一定很亂吧。」

典韋笑了，「何止亂，簡直要炸鍋了。」

「那就炸吧，有些東西不炸一下，看不出端倪……」

曹真不認識曹朋，不過看典韋和許儀對他很親熱，所以還以為曹朋是哪家的公子哥。雖然他衣著不甚華麗，可氣度卻不同尋常，而見典韋對曹朋態度和藹，甚至比對典滿還要親切，心中更

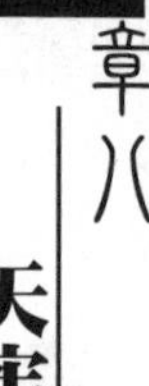

加疑惑，但聽曹朋這一句話，曹真不由得微微一怔，露出了一副有所了悟的表情……

「你這娃兒，還真是機靈。」

典韋一開始沒聽明白，但旋即一想，便清楚了其中的關鍵。

正如他所說的那樣，這已不是單純的街頭鬥毆，而是一場對權力的爭奪戰。漢帝想要借此機會，來試探一下曹操的底線，而那些漢臣們，則希望能打壓曹操的威望，從而獲得一些權柄。

其實，這場爭鬥早已存在。從去年曹操收拾楊彪的那一刻開始，便沒有停止過。在此之前，大家都保持幾分克制，誰也沒有去把事情挑開。如今曹黨二代，與漢二代，或者說保皇黨二代的鬥毆，就好像一根導火索，把許多從前大家都不肯說清楚的東西，全都擺到了檯面上。

荀彧忠於漢室，可同樣的也忠於曹操。在這種情況之下，荀彧不好，也無法做出決斷，只有等曹操收兵返還許都之後，由曹操發落。

想明白了這個道理，典韋突然變得輕鬆下來。

「阿福，那你就在這裡待幾天，有什麼需要，就讓人給我遞個話。嫂夫人沒什麼大礙，只是受了驚嚇，已經甦醒。我命人把她送回塢堡裡，並派人駐守堡內，絕不會再出什麼差池。」

「如此，煩勞叔父。」

「哈哈哈，這算得什麼？」典韋眼珠子一轉，走到曹朋邊上，蹲下身子低聲問道：「阿福，你給我的那個練兵紀要，我已經看到了……你還有沒有其他的交代？一次都告訴我吧。」

那親熱的動作，看得曹真等人目瞪口呆，典滿一臉羨慕嫉妒。

曹朋呵呵笑了起來，「煩勞叔父回去告訴我父親，就說務必要他將天罡刀在曹公返回之前打造出來……還有，我之前和他說的那些小玩意，也可以著手打造和製作，其他就沒什麼了。」

「就這麼簡單？」

曹朋點頭，「就這麼簡單！」

「好吧，我會告訴老曹，讓他不用擔心。」典韋站起來，衝著典滿吼道：「好好照顧阿福，別讓人欺負他。」說著，他瞪著一雙獰戾的眸子，掃了曹真等人一眼。

曹真心裡一哆嗦，連忙露出笑臉，「典中郎放心，我等一定會好好照顧這位……哦，小兄弟！」

他還不知道曹朋的名字，只好用小兄弟來代替。

典韋這才滿意的點了點頭。

「典叔父。」曹朋看了一眼牢室中的眾人，「估計我們得在這裡住些日子，煩勞典叔父在外

面幫忙做一些小玩意，我們也好在這裡戲耍解悶。呃……可有紙筆？」

典韋立刻衝遠處的獄卒吼道：「還有沒有活著的，取紙筆來！」

兩個獄卒慌慌張張的去找紙筆，還有兩個獄卒，則抬著一張黑楠實木案子，走進了牢室中。

曹朋想了想，取了畫了幾張圖，然後做出詳細的注解：「典叔父，你把這個交給我姐夫，讓他按圖製作就好……造好以後，盡快送來，否則會很悶。」

「我知道，我知道！」典韋翻了一下圖紙，見上面又是方塊，又是紅心，又是條子的，有些看不太明白。他聳了聳肩膀，把圖紙收好，「那我先走了……你們，都給我聽好了，好好伺候他們，休得怠慢。」

「下官謹遵典中郎之命。」那獄吏是個不入流的小官，自然不敢拂逆典韋。

典韋罵罵咧咧的走了，牢室裡頓時顯得非常清靜……

曹真疑惑的看著曹朋，不等他開口，就見曹朋朝他和曹遵、朱贊三人一拱手，「在下曹朋，還未請教三位高姓大名。」

咦？曹真有點糊塗了！難不成，這人也是曹氏子弟？為何我沒有見過……

「在下曹真！」曹真心裡雖然迷惑，但還是很有禮貌的做出了回答。

曹朋心裡頓時一驚。這可是一個了不得的大傢伙……三國演義第八十四回，曹真登場，攻伐南郡，被陸遜和諸葛瑾所敗；後來伐蜀，又被趙雲所阻，最終無功而返。曹丕死後，曹真受遺詔輔佐曹睿，為大將軍。被諸葛亮連續擊敗後，司馬懿出山，才算是防守成功……

總體而言，在三國演義裡，曹真是個愚蠢傲慢、自負無能的傢伙，最後被諸葛亮致信羞辱，氣憤而死。

以上，是三國演義中的說法。但真實情況呢？

曹朋前世初讀三國，也覺得曹真無能。但後來，隨著他長大，閱歷加深，對三國演義裡的一些事情開始感到懷疑。曹丕，那也是個很厲害的角色！能被曹丕遺詔輔政，說明這個人絕對不簡單，怎可能是個無能之輩呢？

於是，曹朋就認真的查詢了一下。結果得到的答案，和三國演義完全不同。

曹真，似乎是羅貫中為捧諸葛亮，而被刻意醜化貶低的悲劇人物。此人是曹操族子，甚得曹操所喜，曾經統領過曹魏精兵虎豹騎，戰功顯赫。後來以偏將軍的身分參與漢中之戰，曹丕繼位後，曹真升任鎮西將軍，假節都督雍州，涼州軍事……

曹真的確是和諸葛亮交過手，但並沒有失敗。他與當時五子良將碩果僅存的張郃，成功抵禦

了諸葛亮第一次北伐，平定了三郡之亂，而後又命郝昭在陳倉提前修繕城池，抵禦了諸葛亮第二次北伐。後升任大司馬，督魏國兵分數路大舉攻伐蜀漢，卻因天降大雨，被迫撤換。此次出兵後，曹真便返回洛陽，不久就病逝了。

此時的曹真，還沒有後來魏國大將軍、大司馬的氣概，甚至略顯得有些稚嫩。曹朋還不清楚曹真現在的官職，但知道他還沒有去統領虎豹騎……因為虎豹騎如今尚未組建。

「原來是曹公子。」

曹真連連擺手，「大家住在一個牢室，又一起打過架，也算得上是袍澤，何必效仿外人客套？對了，你是哪家子弟？為何我沒有見過你呢？」

曹朋一聽，就知道曹真誤會了：「呃……我不是曹公子弟，只姓曹罷了。」

曹真頓時有些尷尬，「啊……竟然同姓。」他也不知道該怎麼說，只好打了個哈哈……

典滿大笑，「子丹，你這傢伙真是有趣，難道姓曹，便是曹公同宗？」

見曹真有些尷尬，曹朋連忙為他開解，「阿滿哥，話不能這麼說，我與曹公子同姓，說不定五百年前還是一家呢。」

「沒錯、沒錯……五百年前是一家，說得好。」曹真瞪了典滿一眼，笑嘻嘻說道：「阿滿，

平日叫你讀書你偏不好讀書……嘿嘿，這裡面的學問很大，跟你解釋，你也聽不明白的。曹公子……」

「叫我阿福就好，大家都這麼叫我，這是我的小名。」

「那好，我就叫你阿福！」曹真也不矯情，很爽快的說：「對了，你籍貫何處？」

「呃……這個我還真不太清楚。我生在南陽郡，才隨典叔父一同過來……若問祖籍，恐怕得問我爹才行。」

「南陽郡？」曹真愣了一下，好像突然想起來什麼，大聲道：「那敢問隱墨鉅子曹汲曹大家，是你何人？」

「曹汲，正是家父！」

「哈哈……」曹真興奮大叫，一把攫住曹朋手筆，「我正要找你呢。聽聞曹大家造的一手好刀，真實嚮往之，苦於不知如何相識……阿福，你得幫我，我想要一口好刀。」

曹朋被這傢伙逗樂了！這傢伙，還真是不怕生，順杆兒就爬啊。

曹汲現在的身價可不一樣，想要他造的刀相當困難，還沒等曹朋開口，典滿立刻就不答應了，「子丹，凡事要有個先來後到，阿福和我先認識，就算造刀，也該先為我造刀。」

「嗯嗯嗯，我第二個！」許儀也過來湊熱鬧。

王買一邊照顧著鄧範，一邊呵呵的笑，被關進大牢的那種緊張情緒，一下子消散無蹤。

王買沒有嫉妒，反而為曹朋感到高興。在他心裡，曹朋是他的兄弟，一輩子的兄弟。曹朋能認識這麼多人，將來一定能飛黃騰達……

「虎頭，咱們這是在哪裡？」鄧範甦醒過來。乍看這光線幽暗的牢室，他多少感覺不太適應，而且還有點眼熟。

在棘陽遊手好閒時，他可沒少因為打架，而被關進牢中。只是，以前的牢房沒有這麼舒服。

「大熊哥，你醒了！」曹朋連忙走過來，和王買攙扶著鄧範坐起。

「大熊，謝謝你……」

「咳咳咳，自家兄弟，謝什麼？」鄧範輕聲道，疑惑的打量四周。

曹朋道：「這裡是許都大牢，估計咱們得在這裡住些日子……不過你別擔心，家裡一切都好。」

「大牢？」鄧範總算是省悟過來。身上的傷口一陣鑽心的痛，讓他忍不住齜牙咧嘴。

典滿也跑過來，在旁邊坐下，「大熊，是個好漢。」

對於鄧範為曹朋擋刀的行為，典滿等人非常敬重。在他眼中，只有真正的好兄弟，才會做出這種事，不顧生死。曹真幾人也都正年少氣盛，處在崇拜英雄的年紀，所以對鄧範也非常親切。設身處地的想，如果換做自己，可會為兄弟擋刀？

曹真下意識的向曹遵、朱贊看過去，三人目光相觸，從對方的目光中，看出了各自心中的答案。

「鄧範兄弟，你別擔心。這裡沒人敢為難咱們……南陽郡的戰事進行的很順利，估計下個月初，主公一定能班師回朝。到時候，咱們就會出去。如果你想報仇的話，我們陪你一起去。」

典滿聞聽，連連點頭，「不過阿福，你下手可真夠狠。」

曹真是沒有看到曹朋赤手空拳打人，但卻看到了他用刀砍人；許儀呢，則是親眼見到，曹朋赤手空拳將一個比他壯實許多的大漢打得骨斷筋折，而且非常輕鬆，自然也暗自心驚。

在這些人中，王買和鄧範明顯有些拘束。說實話，王買和鄧範來許都幾個月，雖然不怎麼出門，可見過的大人物，超過了前十五年的總和，這讓王買、鄧範，怎能不感到緊張呢？

「虎頭哥、大熊哥……」曹朋眉頭一皺，計上心來，他笑呵呵說道：「我們結拜吧。」

「結拜？」

「是啊，虎頭哥和我從小一起長大，大熊哥是在棘陽認識，算不打不相識。從前教我的那個老道人曾跟說過：五百世的緣分，換得今生的兄弟。我娘受欺負時，虎頭哥不懼對方人多勢眾，拼死護衛；我被人用刀砍時，大熊哥義無反顧，為我擋了一刀……這不是兄弟，還是什麼？」

王買和鄧範，頓時都呆住了！

而典滿、許儀、曹真五人，則在一旁默默無語……

若這不算是兄弟，那世間還有兄弟嗎？

「阿福，我不要和你做朋友！」典滿蹦起來，張牙舞爪似地大聲喊叫。

曹朋愕然看著他，搞不懂這傢伙究竟又是在發哪門子的瘋。不僅他不明白，許儀、曹真等人，也很糊塗。

「我決定了，我也要和你做兄弟！你要是不答應，咱們立刻連朋友都不是。」

曹真反應過來，靈機一動，點頭道：「阿福，咱們好歹一起打過架，還住在一個牢室裡，也算是前世的緣分。不如這樣，我們八個就在這裡結拜吧。嘿嘿，將來定然會成就一番佳話。」

八個一起結拜？

曹朋這樣做，只是想讓王買和鄧範，能融入進他的生活圈子。可沒想到的是，這幫傢伙居然

也來湊熱鬧。這下子換曹朋感覺壓力很大……

「我本一介小民，諸位皆……」

「誒，咱們結拜為兄弟，無論出身，只論兄弟情誼。」曹真看起來和典滿差不多，都屬於那種惟恐天下不亂的主。說完，曹真扭頭瞪著許儀，「許大頭，你怎麼說，給個痛快話。」

許儀其實也有些心動，只是還想矜持一下。畢竟，典韋和許褚正鼓搗著禁軍第一人之爭，他這邊和典滿結拜？聽上去好像有點可笑。他和典滿關係不差，也可以不介意雙方老子之間的矛盾，但若是結拜，性質似乎有些變了。

可曹真開口了，許儀似乎也沒有了退路。

「許大頭，你如果害怕你老子，那就一邊去。」

「誰說我害怕，我也有此意，只是被你們搶了先……阿福，我們結拜，誰不答應，誰是孫子。」

曹朋一陣劇烈的咳嗽，「如此，卻之不恭。」

「牢頭，牢頭……他娘的還有喘氣的沒有？給我出來！」曹真大聲吼叫。

兩個獄吏連滾帶爬的就跑了過來，「小將軍，您有什麼吩咐？」

「我們要結拜，給我們……呃，阿福，結拜需要什麼？」

拜把子，在東漢末年並不盛行。這種行為，雅稱結義金蘭，金蘭是什麼？這個說法還出自於《世說新語．賢媛》中的一句話：山公與嵇、阮一面，契若金蘭。

人們大都是用這種方式，來表達朋友的交情深厚。可拜把子，結義手足……曹朋覺得，自己好像又上了羅貫中的當了——貌似劉關張，並未桃園結義，只是說他三人『恩若兄弟』。

好在，曹朋對結拜的禮儀程序，還算了解。

按照後世的習俗，結拜需要在雙方同意之後，選擇良辰吉日，在一個大家認為適宜的地方舉行。可現在的情況是，他們沒得選擇。這種事就是在一剎那間的衝動，若過去了，就沒了意思。反正也沒有人結拜過，他們也算是開創先河，所以不會有人說他們做錯了什麼。

「需一副孔聖人像。」

「幹嘛要他的像？」

「孔聖人說：兄友弟恭……你我既然結義金蘭，那自當在孔聖人面前發誓。」

「嗯嗯嗯，阿福說的很有道理。」曹真連連點頭，然後衝著典滿吼道：「阿滿，你什麼都不懂，別在這裡搗亂。阿福，你接著說……你們幾個，記清楚了，若錯了一樣，小心爾等狗頭。」

獄吏們哭笑不得，只得連連稱是，這大半夜的，去哪裡弄來孔聖人像呢？

「香案一張……哦，這裡有桌案可以代替，就不需要了。然後要備下三牲祭品，豕頭一隻，魚一條，卵……八枚，還有活公雞一隻。記住一定要活公雞，婦人們結拜才用母雞，懂嗎？」

「懂了，懂了！」

獄吏們一開始覺得這幫少爺在胡鬧，可聽著聽著，發現還真有那麼一點味道。也不知道這位小公子是從哪裡知道這些，聽都沒聽說過。

曹朋接著說：「一大碗酒，還有八張紙……嗯，最後還有八炷香，和一把刀。」

「這麼麻煩啊！」曹真也有些目瞪口呆。

「我等結拜，天地為證。所以自然有些麻煩，不如此，怎能天人合一，感動天地呢？」

「沒錯，沒錯！」曹真說：「都記清楚了沒有？」

「記是記清楚了，可這大半夜的……」

曹真一蹙眉，從懷中取出一塊腰牌，「東西是有些麻煩，不過也容易，你拿著我的腰牌，到車騎府見管家，把我們需要的東西列個單子給他，他自會給你備齊。半個時辰，一定要備好，否則打斷你的狗腿。」

「喏！」獄吏們齊動員，一溜煙的跑了。

可能連荀彧都不會想到，大牢中會發生這種事情。是說把這幫喜歡折騰的小子們聚在一起，如果不弄出點事情來做的話，才是真的奇怪了……

「阿福，你跟誰學的武藝？」趁著獄吏們忙活，許儀好奇的問道。

「早年間我家鄉有個遊方術士，教我很多東西。不信，你問虎頭哥，他最清楚這件事。」

「哦，的確是有這麼一回事。可惜當時我沒眼力，不曾向那師父請教。不過後來，阿福教了我許多，否則我也不會有今日這般身手。」

「你的功夫，是阿福教的？」

除了典滿和鄧範，曹真、許儀四人，都很驚奇。

他們見過王買的身手，知道這傢伙也非等閒人。這些人當中，身手最好的恐怕要屬典滿和許儀兩人，差不多也都到了易骨的巔峰。如果和王買交手的話，他二人就算能取勝，也要付出慘重代價。反觀曹朋的身手，在所有人當中，明顯最弱。最弱的人，居然教出了這麼王買這麼厲害的傢伙……如果王買當年隨那老術士學習，又會是什麼狀況？

典滿跟著曹朋練了一段時間，是深有體會。可許儀，卻有些懷疑……

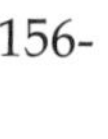

但各家都有各家的規矩，再追問的話，就是打探私密。許儀也就不再追問，於是岔開話題，聊起了其他的事情，比如，曹朋是怎麼遇到典韋，又是怎麼回來的。

對此，曹朋也沒什麼隱瞞，一五一十的說了個明白。

「江夏黃氏，欺人太甚！」許儀大怒，拍案而起，「阿福，你放心，將來咱們隨主公馬踏江夏時，我定縛了黃射，任你處置。」

也沒多久，獄吏們氣喘吁吁的回來了，同來的，還有車騎府的一干奴僕家將。依照著曹朋所列的清單，把物品一一抬進牢房中。最讓人哭笑不得的，還是一尊孔聖人雕像。

也不知他們從哪裡找來了一座孔聖人的石頭雕像，擺在桌案上面。而後，家將奴僕，還有獄吏們，紛紛退到一旁，好奇的看著這牢裡的八個人，想弄清楚，他們究竟是要做什麼。

「接下來該怎麼辦？」

「寫金蘭譜，你們照著我寫的做就行了。」

金蘭譜有金蘭譜的固定格式，曹朋當過刑警，對黑道上的一些規矩，還算清楚。金蘭譜是每人一份，先寫序詞，而後按年齡大小，寫上名字，並按下手印。如此又折騰了好一陣子，終於把前戲都完成了，隨即便開始進行儀式。

「皇天在上，蓋聞室滿琴書，樂知心之交集；床聯風雨，常把臂以言歡。是以席地班荊，衷腸宜吐。他山攻玉，聲氣相通。每觀有序之雁行，時切附光於驥尾。今有南陽曹朋……」

由於之前曹朋已經交代清楚，所以曹真等人也都明瞭。

曹朋在這裡一頓，曹真立刻道：「沛國曹真。」

「譙國許儀。」

「陳留典滿。」

「沛國朱贊。」

「南陽鄧範。」

「沛國曹遵。」

「南陽王買。」

「八人編開硯北，燭剪窗西，或筆下縱橫，或理窺堂奧。青年握手，雷陳之高義共欽；白水旌心，管鮑之芳塵宜步。停雲落月，隔山河而不爽斯盟；舊雨春風，歷歲月而各堅其志。毋以名利相傾軋，毋以才德而驕矜。結義金蘭，在今日對神明而誓，輝生竹林，願他年當休戚相關。」

「不求同年同月同日生，但求同年同月同日死，天地為證，聖人為證若違此誓，天打雷

劈……」

隨著曹朋琅琅誦讀金蘭譜，外面那些看熱鬧的人，也漸漸收起了那份玩笑之心。

而後，八人在孔夫子雕像前叩首。

曹朋起身，一把抓住那公雞，橫刀在脖子上一拉，一蓬雞血滴入酒水。他深吸一口氣，又用刀割破手指，扭頭向其他人看去。王買一笑，上前一步接過刀，割破手指後，學著曹朋將血滴進了雞血酒裡，而後典滿、曹真、鄧範、朱贊、曹遵、許儀依次而行。

滿滿一碗血酒成了！

曹朋攪拌均勻，用手指沾了一下血酒，先滴三滴在地上，遞給了曹真。

這裡面，曹真年紀最大。接過血酒，曹真喝了一大口，旋即遞給許儀、典滿、朱贊、鄧範、曹遵、王買……最後才是曹朋。

最後，曹朋把喝剩下的酒，放在了孔夫子神像前，算是完成了整套儀式。

在後世，這又叫做歃血為盟！

「小弟曹朋，見過大哥！」

曹朋先向曹真行禮，而後依次行禮。這又是一套過程，每個人都必須重複一遍。八個人最後，跪在地上，環成了一個圓圈，彼此相視。如果說之前他們還存著一份好奇，一份戲謔，那麼現在，八個人的心中，只剩下濃濃的兄弟之情。

「這一拜，生死不改，天地日月壯豪情。」

「不求同年同月同日生，但求同年同月同日死！」

八個人同時高呼，響徹牢獄。觀禮之人，莫不為之動容……

章九 半步崩拳

結義金蘭，擺上酒水，兄弟八人又一番痛飲，這才算一個個心滿意足，倒在榻上。

曹朋醺醺然，但腦子很清醒。

他躺在最靠裡面的床榻上，月光照在他的身上。

日間的一幕幕，在他腦海中不斷浮現，耳邊似乎還迴響著，許儀剛才喝酒時的一句話：「阿福，我日間見你出手傷人，似已到了我等的水準。以當時的狀況，就算是我，也未必能做的如你那般順暢……可我現在看你，似乎使不出那等拳腳。你氣血極強，可是力量卻好像未曾貫通。」

這是一個困擾了曹朋很長時間的一個問題。

他的氣血之強盛，的確已經達到了瓶頸。可由於他身體之前的限制，以至於全身未能貫通。

此前曹朋練太極，練八段錦，其目的就是為了生發元氣，鍛鍊肺氣，強化腎氣，使之充盈五臟六腑，外潤皮毛。這一層，曹朋自認已經做到；而後體內氣血通暢，百脈流行，關不開而自開，竅不展而自展……當骨頭開始出現大脹的感覺，基本上就達到了導氣入骨的水準。

曹朋前世易骨，是在老武師的幫助下練成。可現在，他沒有這樣的條件。

這也是他和王買等人的區別所在。王買等人的底子好，氣血本就強盛，在練習了功法之後，促進氣脈流通，關竅自開，骨節自順，而曹朋的問題就在於，他雖練習骨力，但元力不強，以至於氣血雖壯，骨節卻不是自然的通暢。

月光從小窗照進囚室，曹朋突然間從床榻上起身。

只見他在床邊站穩，左腳左拳在前，右腳在後，右拳置於右肋旁，虎口向右。

猛然間，他左腳向前蹚出半步，右腳隨之跟步。右拳內擰，向前打出，虎口也隨之向上……左拳在兩拳相交時收回，置於左肋。如此一蹚一蹬，總是左腳在前，右腳在後，兩拳一出一入，變幻不斷。

這是一路極為簡單的跟步衝拳，在最狹小的範圍中，爆發出全身的潛能，在後世拳法中也叫做『半步崩拳』。後世形意拳大師郭雲深因犯了人命官司，被關進監牢，由於脖子上帶枷，腳上

有鐵鐐的緣故，於是練出了只能邁出半步的絕技，半步崩拳打天下。

曹朋後來學得，是尚雲祥所練的半步崩拳。

尚氏半步崩拳有三星多一力的說法。所謂的三星，就是肩窩、肘窩和腕窩。形意重三星，是因為人體的關節之間，骨骼的銜接都是有一定的規律。只有三星朝天，才能節節恰到好處的相連接。兒童多如此，但成年人在生活中，由於種種習慣，三星漸漸偏離了位置。

曹朋現在，就是用這種方式，來試圖矯正三星的位置，同時依靠著半步崩拳驚人的爆發力，催發體內的氣血，使之流暢貫通，來達到『催三節』的目的。

催三節，是根據人體骨骼的規律，磨礪拳勁。三節，是指人體的上中下三盤，以丹田為主，上盤肩為根節，肘為中節，手為梢節；下盤胯為根節，膝蓋為中節，腳為梢節。藉由丹田發勁，把勁力由丹田催向四肢，催向身體需要發勁的地方和部位。曹朋用催三節的方式，並不是為了發勁，而是向透過這種力量，貫通全身骨節，導氣入骨，真正邁入易骨的水準。

這是一個非常緩慢而又痛苦的過程。

曹朋剛開始動作並不快，力度也不大，可隨著骨節開始貫通，骨頭出現大脹的感覺之後，他便不斷發勁。一股股勁力自丹田發出，推動全身骨節嘎吱響聲不斷。到後來，骨節之間似有內氣

流轉，每一次發力，都會產生出一種極為詭異的空爆聲響。

一開始，空爆聲並不是很響，可漸漸的，動靜越來越大。

距離曹朋最近的是許儀，他喝了點酒，本有些昏沉沉，可是突然間，他被一陣奇異的聲響驚醒，於是翻身坐起，抬頭看，就看曹朋雙腳反覆，雙拳交錯，動作的幅度並不大，卻能令許儀產生出一種強烈的力感……

隨著曹朋的勁力越來越強，許儀可以清楚的感受到，那在狹小空間中錯步揮拳時所產生的巨大力量。漸漸的，許儀的臉色有些變了，他隱隱感覺到，曹朋的身體在發生變化、在增強。但究竟是怎麼回事？他又說不太清楚……難道說，這就是那個所謂的術士，傳授給他的祕法？

「阿福，你在幹嘛？」

朱贊也被驚醒，迷迷糊糊的，見曹朋在那裡發瘋似的揮拳，不由得感到奇怪。於是他下床，一邊揉著眼睛，一邊走過去，伸手去拍打曹朋的肩膀。許儀一開始沒有發現朱贊，等他發現的時候，已經晚了！

「老朱，小心！」許儀大吼一聲。

完全沉浸在骨節貫通的舒暢感中的曹朋，感覺到有人拍打他的肩膀，本能的一個陰陽身，也

就是半側身，拳頭帶著一股罡烈勁氣，蓬的打在朱贊的胸口……

曹朋此刻正沉浸在一個很奇妙的世界裡，外界發生的事情，他並不是很清楚，所有一切，全發自本能，也正因為發自本能，所以拳腳更是不留情。

朱贊猝不及防下，被曹朋一拳轟個正著，頓時倒飛著出去，蓬的砸在牆上，滑落地面，一口鮮血噴出，胸腹間頓覺絞痛。曹朋這一拳，直接轟斷了他兩根肋骨，疼得朱贊一聲慘叫。

許儀在一旁卻看得清楚，曹朋出手的間距很短，從正常的認知來說，根本不可能產生多大的力量，可就在那一蹚一蹬之間，產生出巨大的爆發力！這功夫，當真可怕……

這一擊，曹真等人全都醒了。

「老朱，老朱……你這是怎麼了，誰打的？」

曹遵和朱贊從小一起長大，自然格外的關心，從床上翻身坐起，便衝到了朱贊的身邊。

「阿福，瘋魔了！」朱贊劇烈咳嗽，嘴角溢出一抹殷紅血跡。

「二弟，怎麼回事？」

曹真大聲喝問，目光卻盯著那在床榻前方寸之地，一進一退，交替反覆一個動作的曹朋。

曹朋根本不清楚外界發生了什麼，仍在不斷以半步崩拳的勁力，催三節，正三星……氣血不

斷增強，骨節越發通暢。他渾然不知發生了什麼事，仍一次又一次的反覆練習。每一次衝拳，都會產生出劇烈的空爆聲響，拳頭在方寸間爆發出驚人力道，與空氣摩擦，產生出猶如拉動風箱似的聲音。

「大家都別靠近！」許儀連忙大喊，攔住試圖上前叫醒曹朋的曹真，「他在練功……老朱的事情，估計是他無意所為，到現在他恐怕還不清楚，究竟發生了什麼事。誰靠過去，誰倒楣。」

話一出口，曹真等人呼啦啦往後退。

「牢頭！」曹遵扶著朱贊，大聲呼喊。

那外面已經睡著了的獄吏聽到喊聲跑過來，看清楚狀況後，也嚇了一跳。

朱贊面色蒼白的躺在那裡，看上去好像受了重傷……難道說，有刺客不成？這可出了大事！

「愣著幹什麼？」曹真破口大罵，「瞎了狗眼，還不快去找先生救人！」

「啊……」

獄吏心中叫苦，這大半夜的，醫館都關了門，去哪裡找先生呢？可曹真開口了，他也不敢違抗。只好連聲呼喚，命人前去找大夫。心裡面還有點奇怪：這又是怎麼回事？剛還好好的，這一眨眼的工夫，便反目成仇了？果然是一幫少爺，說什麼結義金蘭，不過是遊戲罷了。

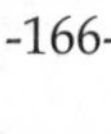

空爆聲越來越密集，曹朋的臉色越來越紅潤，額頭上細密的汗珠子順著臉頰流淌，薄薄單衣已經濕透。

曹真幾人躲在旁邊，看曹朋發瘋似的不斷衝拳。

「為何他只在方寸間出拳？」朱贊這會緩過氣，不由得好奇問道。

王買搖搖頭，「這個不太清楚……阿福以前練太極的時候，活動範圍也不是很大。其實他教給我們的拳法，大都是會局限在一個範圍裡。這裡面有什麼奧妙，我也說不明白……不過感覺練了以後，身法手眼都能提高。這一點三哥應該清楚，他在塢堡時，闖過沙陣。」

幾雙眼睛，刷的一下子轉移到了典滿身上。

典滿揉了揉鼻子，「的確有這麼一回事，但我也不太明白。」

「什麼沙陣？」許儀頓感好奇。

典滿搖搖頭，「阿福好像說過，那玩意叫天罡混元樁……就是在這麼大一小塊的地方，設三十六個沙袋，人在其中穿行奔走，同時擊打沙袋。如此反覆進行，倒是能提高機敏反應……許大頭，回頭你也可以去試試看。我一開始不信邪，結果是鼻青臉腫，險些出不來。」

「那一定要試一試。」

空爆聲突然急劇，好像爆米花一樣，連響不絕。

曹朋突然間停下來，仰天一聲長嘯，四肢百骸中的氣血充盈感，如玉珠滾盤般的舒暢。就見他雙手相抱，頭往上頂，開步進左腿，雙手徐徐分開，左手前推，右手往後拉，如撕麵一般，動作舒緩，卻給人一種行雲流水般的奇異感受。

「咦，你們這是怎麼了？」

曹朋以三體式收功，卻發現一群人縮在角落中，看他的目光顯得極為詭異。

「四哥，你這是……誰打的？」

目光落在朱贊身上，曹朋頓時一驚，連忙邁步向前，想要過去查探朱贊的傷勢。

哪知道他剛一邁步，就聽曹真一聲大吼：「阿福，慢著！」

「怎麼了？」

「你……練完了？」

曹朋訕訕然一笑，點頭道：「驚擾了幾位哥哥，還請恕罪。」

「你這混蛋，害我們躲在這邊不敢動……兄弟們，動手，教訓他！居然連兄長都敢打，若不好好教訓一番，日後還有何顏面。」

一幫半大小子二話不說，衝過去就要教訓曹朋。典滿和許儀一左一右的抓住曹朋，曹朋一怔，本能的錯步甩胯，雙臂隨之一抖，晃肩發力，想要掙脫。

「咦？力氣長了不少啊！」

許儀大叫一聲，連忙用力想要按住曹朋。哪知道曹朋踩陰陽步，在他兩腳間頓足，肩肘同時甩出，手臂曲折，從許儀的手中脫出之後，蓬的一下子，就撞在許儀的身體上，把個許儀撞得一個趔趄，險些一屁股坐在地上。

倒也不是曹朋故意想這樣，只是剛導氣入骨，進入易骨階段以後，身體還無法控制住這種骨力勃發，氣血充盈的力量，本能做出了反擊。好在，這一次他並沒有發勁。

曹真連忙上前，一下子抓住了曹朋。

「你們幹什麼？」曹朋也看出，這幫傢伙並沒有惡意，於是大聲叫喊。

「幹什麼？連哥哥都敢打，無法無天了……嘿嘿，正要好生教訓你一頓。」

看著朱贇蒼白的臉色，聯想剛才眾人的古怪表情，曹朋一下子明白過來，頓時不再反抗。

其實，曹真他們也不是真要教訓曹朋，只是想發洩一下被他驚嚇的惡氣。許儀爬起來，伸出蒲扇大手，把曹朋的頭髮揉的散亂，典滿更是不停用拳頭，輕輕捶打他的腦袋。

「四哥，你沒事吧。」曹遵輕聲問道。

朱贊忍不住笑了，「哪有什麼事……也是我自己不小心，沒弄清楚狀況，才會被阿福打傷，也怪不得他……好了好了，都別鬧了。阿福練了半天，估計也乏了，讓他休息一會吧。」

八個人當中，曹真是老大。可在大部分時間裡，朱贊給人的感覺更沉穩一些。

「饒了你小子！」曹真放開了曹朋。

可憐小曹朋，此時全無先前那副瀟灑，頭髮披散，衣衫凌亂，活脫脫一副受氣包的模樣。

朱贊笑得很開心，只是他這一開心，卻又牽動了傷勢，頓時齜牙咧嘴。

曹朋走過去，為朱贊查探傷勢。眉頭微微一皺，他輕聲道：「四哥，我幫你把骨頭復位……剛才不小心傷了骨頭，如果不趕緊扶正的話，很可能會落下毛病。會有點痛，不過我相信四哥是硬漢，沒問題，是吧。」

朱贊在心裡暗自罵道。你話都說到這份上了，就算是疼死，老子也不能吭聲啊……

「來吧！」

讓朱贊平躺好，曹朋找到斷骨處，笑著對曹真說：「四哥的身子骨不差，只要把骨頭扶正，將養些日子，就能生龍活虎。對了，我前些日子聽說，大哥在外面找了個女人？」

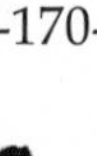

「誰在胡說八道。」曹真愣住了。

朱贇聞聽頓時來了興趣，「大哥，你又找女人了？」

「什麼叫又，我根本就沒有……」

曹真話未說完，就聽朱贇一聲殺豬般的慘叫聲驟然響起。

就在朱贇和曹真對話的時候，曹朋手上猛然用力，嘎巴將斷骨對好。那突如其來的劇痛，讓朱贇沒有一點準備。那叫聲……怎一個慘字了得？好在典滿和許儀都得了曹朋的提示，死死按住朱贇，讓他動彈不得。

大約過去了兩炷香的時間，獄吏帶著一個青年，走進牢室。

也端地是為難了獄吏，這大半夜的，還真不太容易找到大夫。回春堂婦科專家蕭坤今天非常忙碌，白天攤上了那一堆事，原本疲乏不堪，準備早早休息。不想家中來了客人，蕭坤也只能強打精神接待。此人名叫董曉，是前長沙太守張機的關門弟子。而蕭坤早年間曾師從張機叔父張伯祖，算起來和張機也是故交。晚輩登門，他當然少不得要宴請一番……

這一頓酒，吃到了現在，本來兩人打算回去休息，不想獄吏卻找上了門。一聽說還是日間那些人，蕭坤就感到頭痛，而且，他一個婦科大夫，對這外傷還真不太瞭解。好在董曉站出來，表示願意替蕭坤出診。

查看了朱贊傷勢，董曉非常驚奇。他給朱贊診治一番後，又固定住傷處，還開了一副藥方。

曹真連忙上前感謝，哪知董曉卻向曹朋拱手一揖。

「在下董曉，奉家師之命，送書信一封與曹公子。」

曹朋一怔，「令師是……」

「家師涅陽張機。」

「啊，是仲景先生弟子？」曹朋連忙起身，拱手還禮。

董曉從隨身兜囊中取出一封書信，遞給曹朋，「正不知如何與公子聯絡，不料在這相見。」

曹朋接過書信，並沒有急於觀看。他問道：「董先生如今在何處落足？」

「哦，在下尚未確定。估計會在回春堂暫居些時日，而後再做計較。」

曹朋說：「如此，何不至典家塢暫住呢？小弟恐怕要在這裡待上一些日子，待事情了結，還望能與先生言歡。」

雖然不清楚那信上寫了什麼，但曹朋隱隱約約猜出了張機的心思。

似涅陽張家這種宗族，肯定要未雨綢繆。別看曹操在宛城失敗了，可保不住什麼時候就會再

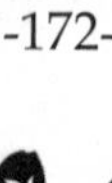

打過去。到時候，如果涅陽張家沒什麼靠山的話，很快便會衰敗。張機肯定不好出面明言投奔什麼人，但他可以派他的學生……和世家大族一樣，張機也不會把所有雞蛋，放在一個籃子。

董曉，就是張機投向許都的一顆問路石。畢竟當初張機曾收留過王買、鄧稷，和曹朋也算有交情，透過曹朋，可以和典韋扯上關係。這樣一來，董曉自然有機會在許都站穩住腳跟……

這幫老傢伙，沒一個是糊塗的。

對於曹朋來說，董曉住在典家塢，也沒什麼壞處。母親張氏剛受了驚嚇，姐姐又懷著身子，有個大夫在那邊照拂，也比較放心不是？所以，曹朋也不客氣，直截了當的發出邀請。

董曉一笑，便答應下來。穩住了朱贊的傷勢以後，董曉又說了些注意事項，便拿著曹朋給他的典家腰牌，告辭離去。

送走董曉，曹朋這才鬆了一口氣。

「六哥，咱們換個位子。你睡裡面，我睡四哥旁邊。我對這筋骨之傷也算有些瞭解，四哥有什麼不舒服，我也能照顧他……折騰了一整天了，大家都早點睡吧。呵呵，待明日，說不得有好東西供咱們消遣。」曹朋和曹遵打商量。

曹遵想了想，雖有些不太放心，但最終還是答應下來。

「阿福，什麼好玩意?」許儀眼睛放光，有些好奇的打聽。

「嘿嘿，待東西到了，再與你們說明。」

許儀雖然不甘心，可身體也真的是疲乏了，也只好罷休。

曹朋躺在位於朱贊和鄧範之間的床榻上，就著牢室外走廊上的光亮，打開書信。

咦?不是張仲景的信!

字跡很娟秀，整齊的漢小隸，辨認起來有些困難。

信，是黃月英所書，時間是去年年底。黃月英說，因母親的身體不好，所以要回家探望，以免母親牽掛。並邀請曹朋有機會去白水找她，到時候再一起探討之前沒有弄明白的事情……

白水，位於江夏郡，是黃家的老宅!

不過，估計曹朋一時半會是過不去了。

信中沒什麼男歡女愛的浪漫言語，很平淡，如同黃月英這個人一樣，字裡行間充斥著一種平和。曹朋雖然兩世為人，但在感情上，卻是個十足的菜鳥。這一封信，在他心中掀起了波瀾……

這算是什麼，情書嗎?可裡面卻沒有一句話涉及到男女之情。曹朋也不知道，自己在黃月英心裡究竟是怎樣一個位置，躺在床榻上，一時間竟有些患得患失，不知該如何決斷才好。難道

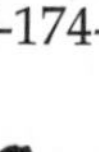

說，真的要等到馬踏江夏，才能說清楚嗎？

這一夜，曹朋失眠了……

皇城，長樂宮。

冷飛和劉光靜靜的站立在玉階下，垂手肅立。

丹陛上，漢帝劉協負手而立，略顯得有些蒼白的臉上，陰雲密佈……

「如此說來，荀文若最終也未放人，對嗎？」

冷飛回道：「侍中大人不同意，說是要等曹司空還都之後，才能決斷。不過他倒是放了太醫進去，為伏均療傷。據太醫回稟，伏均……腿是保不住了。但在牢中，並沒有受到苛待！」

「混賬，腿都斷了，還不算苛待？」劉協憤怒的低聲咆哮，龍袍下，單薄的身體輕輕顫抖。他個頭不高，長的倒是眉目清秀，不過嘴唇顯得有些單薄，唇角略長，以至於看上去，並不是特別舒服。

「陛下！」

「子玉，你說。」

劉光上前一步，輕聲道：「陛下方來許都，根基尚不穩。滿朝之中，皆司空所派，那些從長安來的人其實並不可靠。至於孔文舉之流，道德文章也許還行，可書生意氣太重，恐怕難當大任。陛下實不宜和司空起芥蒂，當徐徐圖之，招攬心腹……今天下戰亂四起，正是豪傑輩出之時，陛下不應將目光拘於許都，而當著眼天下。」

「你是說……」

「望族高門，不足以為依恃，皆朝秦暮楚之輩，實難信任。且這些豪門望族，手無兵權，似孔文舉之流，也只能居於席間，清談高論。陛下若欲奪權，需找些有實力，且忠於陛下之人。」

「可這樣的人，何處尋找？」

「陛下，這種事萬萬急不得。時機到了，自會出現。」

劉協頹然坐下，許久後，低聲問道：「子玉，難道這事，算了不成？」

劉光一笑，「陛下又何必憂慮呢？正好借此事，也可以試探一下曹司空的心意。」

「試探什麼？」

「看他究竟是霍光，還是王莽！」

劉協，輕輕點頭……

章十 拉幫結派

建安二年六月，曹操攻伐湖陽縣，活捉了劉表麾下部將鄧濟。旋即，他下令撤出南陽，命滿寵屯兵於確山，以防止劉表的蠢蠢欲動。

此次出兵，與其說是為了給荀緝報仇，倒不如說是為了震懾劉表。因為接下來，曹操要對付的敵人是袁術。劉表若在一旁襟肘，勢必會讓曹操征伐袁術的戰事徒增變數，難以掌控……

曹操奉天子以令諸侯，而袁術公然稱帝，已經是名副其實的漢賊，他如果不打袁術，於情於理都說不過去。但說句實在話，曹操征伐袁術，也著實擔憂劉表和張繡，在後面搗亂。

攻打湖陽縣，就是為了告訴劉表和張繡：老實點，我要打你們，舉手之勞的事情而已！

在這次戰事中，滿寵帳下牙將魏延，戰功顯赫。

章十

拉幫結派

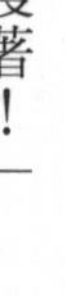

自出兵以來，魏延奮勇殺敵，先在宜秋聚斬鄧濟部將鄧龍，而後又率三百壯士，臨陣先登，攻破了平氏縣，立下頭功……不過，在攻破平氏縣的戰事中，魏延身受三處箭傷。所以他沒有參與湖陽之戰，但滿寵還是把他記為頭功，呈報給曹操。

曹操素愛猛將，自然分外高興。在退兵後，封魏延為汝南司馬，拜都尉，屯駐汝陰縣，以防止袁術出兵攻打汝南郡。雖然曹操佔領了汝南，可袁術對汝南之野心，未有一日斷絕。

都尉，其實就是一個虛職，類似於爵位的一種，沒有任何實權，配享都尉俸祿而已。魏延的實際職務，是汝南郡司馬，位在汝南郡太守、郡丞和郡尉之下，排名第四，也是個實權官職。

從一個小小的屯將，到如今一郡之中的第四號實權人物，魏延一步登天，而其間過程，甚至不足半年，想想，魏延就有一種恍若隔世的感覺……

一身嶄新的衣甲，跨坐馬上，魏延眺望許都。

阿福，快了！

當年我說過，會和你馬踏江夏。而今，我已經邁出了第一步，但不知你在許都，還好嗎？

「慢著！」

許都大牢囚室中，曹真眼睛通紅，佈滿了血色，一臉猙獰之色。只見他把袖子一擼，伸出手，摸起來一張牌，皺著眉，咬著牙，凶狠的環視案旁的三個人。

「他娘的，老子背了一整天，這一回可算是開胡了，四餅，自摸！」說著，他啪的把手裡那張牌拍在案子上，咧開大嘴，仰天狂笑，「自摸，給錢，快給錢！」

桌案上，擺著一副國粹，麻將。

曹朋知道曹真這些人如果待在牢房裡，遲早會生出事端。也不知道什麼時候才會被放出去，總得找點事情才行。於是，他想到了麻將。這玩意不需要什麼技術，只要找個匠人便能做出來，而且通俗易懂，老少咸宜……典韋命人打好麻將之後，便命人送到牢內。曹朋只需要略一解說，曹真等人就明白了其中的道理。

一開始，曹真還說：「這有什麼意思？」

好賭，人之天性。無分出身貴賤，也沒有男女老幼之別，只要迷上了，就休想再逃脫出去。

曹朋沒有講解的太複雜，也沒有搞什麼臺灣麻將、四川麻將、廣州麻將的玩法，甚至也沒有計算胡牌的番數，普普通通的玩，就足以讓曹真等人深陷其中，難以自拔。最初，是曹朋帶著他們玩。沒多久，曹朋就被趕到了一邊……

曹朋這種老鳥，和曹真這幫菜鳥玩麻將，那分明就是搶錢。

曹真趕走了曹朋之後，其餘眾人輪流開戰。只是今天曹真的運氣太背，從早上到大中午頭，四、五個小時裡，他居然一把牌都沒有胡過，人若是背得和曹真一樣，也真是不容易。

「小將軍贏了！」

幾個獄吏在外面看著亂糟糟的囚室，非但不管，反而賭上了。

「我就說，小將軍鴻運齊天，這把穩贏。」一個獄吏馬上送上馬屁，拍的曹真哈哈大笑。

「大哥，好像不對吧。」

就在曹真準備收錢的時候，一隻大手攔住了他。同樣是滿眼血絲，滿臉疲憊的許儀，露出古怪的笑容，「你這把牌，分明是單吊三餅，你拿個四餅，胡什麼胡？」

「怎麼可能，明明是胡一四餅的。」曹真怒吼一聲，「許大頭，你可別亂講。」

「你自己看。」

曹真低頭看去，發現手中的牌，居然是兩個三餅和一個四餅。

「……不可能，我剛才明明拿的是二、三餅。」

「大哥，你拿什麼二、三餅？二餅全在我這裡，已經開了暗槓，你從哪裡又弄出來一個二餅？」曹遵無奈的搖頭，翻開了扣在桌面上的牌。

「我……」

「你詐胡，每家賠一貫。老六一個暗槓，加一貫，共四貫！」典滿沙啞著嗓子，虎視眈眈。

「老子自摸的牌，愣是讓你給詐胡了。」

牢獄外面的獄吏們，立刻閉上了嘴巴。

「這小將軍也太慘了吧，三十把，居然一把都沒胡？」

「小曹公子說了，他肯定是出恭沒有洗手，否則不會這麼臭。」

一干獄吏，齊刷刷點頭。

曹朋走過來，摟著曹真的脖子，「大哥，歇歇吧……風水輪流轉，歇一會說不定能轉運。」

「呃，那我歇會。」曹真在一旁坐下，腦袋一個勁的犯迷糊。

曹朋遞給他一杯水，曹真接過來，一口氣喝光，總算是清醒了一些。

「阿福，你搞來的這個玩意，實在是太害人了！」

「好賭人之天性，無所謂害不害。我只知道，小賭怡情，大賭傷身。玩玩還好，如果當了真，禍害不淺。其實，沒有這麻將，外面人不照樣賭嗎？比如西里許的鬥犬館，也是一種賭博。

一個是殘害生靈娛樂自己，一個是殘害自己，娛樂自己，區別也只不過這麼多罷了。大哥，你覺得這東西可有意思？」

「當然有意思。」

「我還有幾種小遊戲，甚至比這個更有意思。」

曹真驀地抬起頭，凝視曹朋，「阿福，你究竟是什麼意思？我覺得，你這話裡有話……你是不是有什麼特別的想法呢？」

曹朋笑了，點了點頭：「大哥，這天下有錢人多不多？」

「多！」

「似你們上陣殺敵，拼死拼活，可最終卻平白便宜了一群蠢貨。」

曹真沉默了，眼睛瞇成一條縫，「你是說……」

「我有個想法，不知道你有沒有興趣參加。」

曹真道：「說來聽聽。」

曹朋深吸一口氣，附在曹真耳邊低聲耳語。曹真先是一陣眉飛色舞，旋即又露出凝重之色。

「這麼做，能成嗎？」

聽得出，曹真有些心動，但又有很多顧慮。

曹朋笑了，一把勾住曹真的脖子，「大哥，如今你沒成家，衣食無憂。可人總要看得長遠，難不成你要一輩子靠著曹公？將來你成了親、納了妾，肯定要出來住。這宅子得要花錢吧，衣食住行也要花錢吧……還有，你性子豪爽，有古孟嘗君之風。憑你那點俸祿，能撐得住？」

「還有，將來有子孫了，也要為他們籌謀。人若無三世之謀，到頭來子孫遭殃。曹公能護佑你一時，未必能護佑一世。好吧，就算曹公護佑你一世，以後呢？赤裸裸的來，咱不能赤裸裸的走，總歸是要為子孫留下一些東西。」

曹真的確是心動了！沒錯，他現在是不愁吃喝，一年下來，也有六百石俸祿，細算到每個月，也有七十斛，折合七千升糧食。這個數字聽上去很驚人，但實際上，根本不經用。再加上五十貫的例錢，每個月下來，曹真其實也沒有積攢出什麼家產。

而且，曹真的身世也很特殊，他不是曹操的親生子，是假子。他本姓秦，生父名叫秦邵，後秦邵因救曹操而死，曹真當時年幼，便被曹操收養，改姓為曹。沒錯，曹操的確是待曹真若親生，可終究他不是真正的曹姓子弟，也正因為這樣，曹真比同齡人更多了些籌謀。

曹朋的話，打動了曹真，可他心裡還是有些嘀咕，低聲道：「阿福，你可能不知道，曹公對

這種事，不是非常贊同啊。在許都……」

「誰說要在許都開設？」

「不在許都，那在何處？」

曹朋微微一笑，「其實我早就有這個打算，只是一直苦於找不到機會與合適之人。許都雖為帝都，可這屁大的地方，又能有多少富庶之家？咱們要開設的話，就必須選洛陽。」

「洛陽？」

「沒錯，就是洛陽。」曹朋信心滿滿道：「哥哥，你別看洛陽歷經董賊之亂，如今殘破不堪。但洛陽的位置，還有它的底蘊，註定了早晚會發達。那是八方通衢之地，勾連關東、關中樞紐，其財貨流通，隨著曹公壯大，必然會日益繁榮……而且，曹公欲謀關中，必先定洛陽。一個繁華富庶的洛陽，才符合曹公的利益。到時候，那裡必然是富商雲集，遍地黃金。」

曹朋為曹真勾勒出了一個美好的藍圖。曹真不由得連連點頭，並露出了嚮往之色……

「大哥，我覺得阿福這番話，說的沒錯。」

曹朋和曹真都沒有覺察到，朱贊不知在什麼時候走到了旁邊。他身子骨好了許多，雖然行動還有些不方便，可下地走路已經不成問題。也正因為身子骨不好，朱贊沒有參與牌局。

他看到曹朋和曹真竊竊私語，便走了過來，正好聽到曹朋對洛陽的看法。

「洛陽古之便為都城，關東豪族在洛陽多有根基。一俟主公平定中原局勢，洛陽勢必會重獲新生。到時候，那些關東豪族絕不會放棄在洛陽的利益，而洛陽恢復舊貌，也不過早晚之間。」

如果說，曹朋剛才那一番分說，只是讓曹真心動，那朱贊這一席話，卻令曹真陷入沉思……

扭頭看了一眼朱贊，曹朋暗自心喜。不過他面色平靜，接著道：「若等主公重建洛陽，你我再想插足其中，恐怕就難了……」

「老四，你怎麼說。」

朱贊不清楚曹真和曹朋究竟是在說什麼，只是聽到了曹朋對洛陽的發展觀點。他想了想，沉聲道：「子丹，如果咱們想要在洛陽站穩，那就必須搶在所有人之前動手。洛陽如今殘破，無人願往。也正因此，咱們現在去，才是最好的時機……不過，你們要做什麼？」

曹真哈哈大笑，「自為了子孫籌謀。」

這一句話說的雲山霧罩，讓朱贊不知其所以然。

曹朋絞盡了腦汁也沒有想起來，三國演義中有朱贊這麼一個人。按道理說，朱贊身為曹真的好友，理應留有名號。可為什麼，這麼一個人卻默默無聞呢？而他搶佔先機的觀念，也讓曹朋心

中稱讚……還有曹遵，平日裡雖沉默寡言，但曹朋能感覺得到，這同樣是個有想法的傢伙。

這歷史的長河裡，究竟埋沒了多少人？

「如果現在去洛陽，倒是不難。」曹真想了想，對曹朋道：「夏侯叔父為河南尹，洛陽就在他治下。而且，他對老四也很看重，幾次想把他要過去。老四，你可願去洛陽赴任呢？」

洛陽原本為東漢帝都，與河南尹屬於平級，但由於董卓遷都，焚燒洛陽，遷走了洛陽豪族，使得洛陽破敗不堪。也正因此，曹操沒有選擇洛陽做都城，而到了許縣，洛陽也就隨之降格，被劃入河南尹治下。而今的河南尹，正是夏侯惇。曹氏和夏侯氏同屬譙縣大族，有著密不可分的關係。所以曹真和夏侯惇也很熟悉。

「若哥哥需我前往，去又何妨？」朱贊倒是無所謂，笑呵呵回答道。

曹朋說：「哥哥，單憑四哥一人，恐怕還不足以支撐咱們的事業。」

「你想，咱們那事業若做的大了，勢必會招惹他人窺視。四哥最多是在官面上給予一些支持，但如果那些大豪們出手，四哥能否頂得住呢？單憑咱們這些人，還有些單薄……最好能有一個鎮得住場面的人站出來……這個人，必須得曹公信任，並且有一定威望，手中要有足夠權柄。同時，他與大哥的關係也必須緊密，否則的話，難保他不會設計來吞併咱們。還有很重要的一點，這個人不能是當地世族，而且對財貨頗為看重……哥哥，可有這樣的人選？」
曹朋瞪大了眼睛，滿臉期盼的看著曹真。
說出那個名字！說出那個名字！
他心裡早就有一個合適的人選，但卻不能吐口。這個名字，只有曹真說出來，才最為合適。
曹真蹙眉沉思，手指輕輕敲擊床榻的圍欄：「若完全按照阿福你的要求，還真有這麼一個人。你覺得，諫議大夫如何……就是我那族叔，曹洪！」
曹朋一聽這個名字，頓時心花怒放！
史書上說，曹洪家富而吝嗇，對錢財的極度癡迷，令曹操對他也非常放心。雖然在許多人眼裡，曹洪算不得什麼大人物，可是在曹操心中，曹洪無疑最讓他信任。
不怕你有毛病，就怕你太出色。一個沒有缺點的人，往往有著不同尋常的野心。最明顯的，就莫過於那位篡奪漢室江山的大新朝皇帝，王莽。
史料記載，曹洪晚年也沒有改掉這毛病。
曹丕登基，曹丕的老婆郭皇后對曹洪非常不滿，甚至生出了殺心。滿朝文武對此束手無策。曹丕的生母卞太后直接就告訴了郭皇后：如果你敢殺曹洪，我明天就去祖廟祭拜，敕帝廢后。

最終，曹洪得以倖免，被罷免了官職。但曹丕死後，魏明帝登基，立刻拜曹洪為後將軍，樂成侯，後來又封為驃騎將軍，死後謚恭侯。

可以說，曹洪歷經三朝而不倒，足以見其在曹魏的重要性。

就目前的情況來說，由曹洪出面解決一切問題，是最好不過的人選。而且曹朋沒打算在許都做事業，他的瞄準的是洛陽。以曹氏和夏侯氏之間的關係，曹朋相信，沒有解決不了的問題。

關鍵在於，誰去遊說曹洪？曹真主動提出來，自然就落到了曹真的頭上。

曹朋也不貪心，對曹真道：「這賭坊就以子廉叔父的名義操辦，所得收益，子廉叔父得五成。你我各兩成五，怎樣？」

曹真搖頭，「那怎麼可以？你出的主意，子廉叔父出力，你我對半，有些不公平。你三成，我兩成足矣。子廉叔父的五成，就不要再打主意了。若無五成利益，他斷然不會出手相助。」

「什麼兩成，什麼三成？」許儀疑惑的問道。

「沒你的事，打你的牌去！」曹真一巴掌拍在許儀的頭上。

這種事，還真不能參與太多人，否則會引起不必要的麻煩。

曹朋也知道曹真的心思。其實按照他的想法，何嘗不希望能多拉攏一些人呢？能把許儀、典

滿都拉攏過來，再加上曹氏族人，就可以組成一個龐大的利益集團。可問題是，一旦出現這種情況，曹操能夠容忍嗎？就算曹操能容得下曹洪，但卻未必能容得下曹朋這個始謀者。

所以，曹朋沒有再贅言。利益集團大了，有大的好處；小了，也有小的便利。人太多未必好辦事，這人情可以慢慢聚攏，若為此而觸犯了曹操的忌諱，那可就是得不償失。

「還有，建賭坊，需要有三教九流。」

曹真想了想，「那你有什麼主意？」

「咱們得找一個熟悉洛陽狀況的人，而這個人最好是別在朝廷裡擔任職務。有手段，有本事……對於賭坊也有些瞭解。最好呢，方方面面都可以說上話，可以減少我們很多的麻煩。」

曹朋可以把後世那些賭博的手段都用出來，可還需要一個平時能鎮得住場子的人。

曹真沉吟片刻，輕聲道：「我還真認識這麼一個人，但如果要他加入，阿福你恐怕得犧牲一成利益……就是主公次子曹丕的劍術教習。史阿！」

朱贊此時也大致上聽懂了曹真曹朋商議的事情。從心裡面，他對此倒也不太反感，說實話，他家世也不太好，手裡也不寬裕，才學是有的，同時也不固執，是一個最好的人選……

「史阿的話，的確合適。」朱贊說：「他師從劍絕王越，也是當代劍術宗師，人面非常廣。

上到王公世族，下到販夫走卒，他都能說上話。而且當年他曾在洛陽開過英雄樓，對洛陽的情況也非常熟悉……阿福，子丹說的沒錯，要請史阿出馬的話，估計要分出一成利益。」

曹朋沉吟片刻，點頭道：「咱們做這種事情，若沒有史阿這樣的人在前面頂著，也確實麻煩。嗯……一成利益就一成利益，沒什麼大不了。到時候這盛世賭坊一旦開設，肯定日進斗金。區區一成利益，換得長久安定，怎麼算都划算。哥哥，這個人很合適，一定要把他拉進來。有他在洛陽幫咱們經營著，咱們也不需要花費什麼心思，到時候安心謀咱們前程就是。」

曹真從曹朋勾勒的藍圖中，已經看到了大筆的財富，對曹朋這種大氣，曹真也很滿意。

「如此，待我們出去後，就與史阿聯絡。」

曹朋終於可以鬆一口氣了！從抵達許都，他便開始絞盡腦汁的去考慮未來……替父親曹汲造勢，為姐夫謀劃！但所有的一切，都好像是建築在沙灘上的城堡，隨時都有可能轟然倒塌。

現如今，有了曹真，再加上曹洪……

雖然不瞭解史阿究竟有多大的能量，可他身為曹丕的劍術教習，只這層關係，就已經足夠。

一個小小的利益集團，此時在許都的大牢中，已謀劃成型。

章十一

綿裡藏針

不知不覺間，時已暮夏。

建安二年六月時，曹操班師返回許都。

眼見著炎炎酷暑即將遠去，秋高氣爽的時節就要到來。許都附近的龍山裡，已天涼好個秋，可許都城裡，秋老虎徘徊在外面，令氣溫始終居高不下，坐在屋子裡也是酷熱難耐。

房間裡，依次擺放著五個巨大的青銅鼎，上面分別雕鏤青龍、白虎、朱雀、玄武和麒麟，代表著五方神獸。鼎需四、五人才能合抱過來，裡面卻盛放著巨大的冰塊，一縷縷寒氣從青銅鼎蓋上鏤空的縫隙飄出，瀰散整個房間，坐在屋子裡，非但不會感到炎熱，反而有一種涼爽感受。

曹操穿著一件明黃色的錦緞子斜襟襜褕，端坐在床榻上，一手捧著書卷，一手輕撚長髯……

「奉孝，伏均這件事，你怎麼看？」

郭嘉一襲月白色長衫，神色輕鬆的坐在下首。聽聞曹操問話，他笑了，「今主公遷都許縣，奉天子以令諸侯，討伐不臣。表面上，主公看似風光無限，實則暗藏凶險。」

「主公聲名雖響，但終究比不得袁本初四世三公。雖說主公扶立天子，可是卻不能服眾。特別是那些從長安過來的人，恐怕更是如此……今天下大亂，主公雖坐擁青、兗、豫三州之地，卻是四面環敵，以至於朝中文武，多有貳心，即便是今上也未必能放心主公。」

「昔五霸桓公，尊王攘夷，而後有葵丘會盟，成就霸業。晁錯攘外先安內，削藩集權，方有武帝赫赫武功……主公若欲扶立漢室，以目下而言，許都只能有一個聲音，那就是主公您的聲音。若聲音太過雜亂，則百姓不知所以然。人言霍光霸道，可若無霍光，焉有漢室中興？主公如今所面臨之局面，尤勝當年霍光，故而唯有一強橫手段，壓制一切異動，則漢室中興有望。」

郭嘉雖然沒有說出什麼意見，可是卻把他的態度表明。

曹操放下書卷，撚鬚而笑：「奉孝所言，甚得吾心。」

郭嘉旋即不再贅言。

「不過，伏均斷腿是實，也該有所交代才是。」

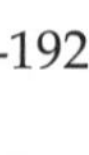

「主公只需依律行事，何需向任何人交代？」郭嘉笑道：「殺人償命欠債還錢，此天經地義。況乎伏均斷腿，也是事實。誰斷了他的腿，就找誰的麻煩，如果哪個不服氣，就讓他先回去好好看看小杜律。不過，聽說主公在洛陽為北部尉時，曾嚴令鬧市之中，不得縱馬疾馳？」

曹操一怔，旋即點頭，「確有此律。」

「西里許，乃許都鬧市所在。伏均等人縱馬而行，還撞傷路人，依律也要有些交代才是。」

「這個……」曹操撓撓頭，輕聲道：「此斷頭之罪啊！」

「還是那句話，依律而行。」

曹操怔怔地看著郭嘉，突然間啞然失笑：「奉孝，你這是在敲山震虎嗎？」

郭嘉聞聽，莞爾一笑，端起面前的酒杯，細細品嘗。

而曹操，已有了決斷……

回到許都第二日，曹操就召集了朝會。

在商議完所有的事情之後，荀彧起身道：「主公，之前不其侯、輔國將軍伏完之子被傷一案，已積壓甚久。如今陛下與朝中諸位大人，對此都極為關注，但不知主公準備如何決斷？」

「哦？」曹操一笑，「文若可將案情由來，詳細敘說。」

其實，這件事的緣由，曹操早就心知肚明。之所以這麼說，也希望看一看荀彧的態度。從荀彧處置這件事的手法來看，他似乎陷入兩難。忠於曹操，或者忠於漢帝，只看他如何陳述。

荀彧清了清嗓子，朗聲道：「事情緣由非常簡單。事發當日，不其侯、輔國將軍伏完之子伏均，與前將軍董承之子董越等人，於酒樓中用酒之後，在西里許縱馬而行。至回春堂門外，不慎將在回春堂就醫的張氏撞倒。當時隨張氏一同去回春堂的，還有張氏的子侄及虎賁中郎將典韋之子典滿。」

「張氏子侄見伏均等人撞傷張氏，於是上前阻攔。兩邊一言不和，大打出手。伏均命家將奴僕，共五十餘人圍攻張氏子侄，不想被路過的猛虎校尉許褚之子許儀，越騎校尉帳下牙將曹真、朱贊、曹遵四人看見，於是上前相助，雙方當街發生毆鬥。」

「張氏子侄之一鄧範，被伏均家將砍傷。而伏均一方，則被張氏子侄及典滿、許儀等人聯手打傷三十餘人，其中重傷者十六人，並有七人喪命。伏均在亂戰之中，不慎掉落馬下，被座騎踩斷了大腿。卑職當時正在典家塢中作客，聽聞消息之後，立刻命虎賁中郎將典韋點起虎賁軍，封鎖西里許長街，將毆鬥之人，盡數抓獲……此事牽連甚廣，卑職有感案情複雜，於是將雙方皆羈押牢中，距今已有月餘……此案不可再拖，故而請主公早日決斷，以免許都城中人心恐慌。」

荀彧處事居中，不偏不倚。完全一副公事公辦的口吻，說完後躬身退下，等候曹操的發落。

許褚回到許都，才聽說了許儀的事情，但由於他身分敏感，所以一直沒有過去探望。只不過，他聽荀彧說完，下意識的向典韋看去，卻見典韋眼觀鼻，鼻觀口，口觀心，靜默不語。

「那雙方在牢獄中，可有吵鬧？」

「回稟主公，伏均等人入獄之後，一直不太滿意，並口出狂言，說是出去後要取張氏等人性命。」荀攸站出來，恭聲回答。

荀彧看了荀攸一眼，心裡嘆了口氣，沒有說話。

他很清楚，荀攸和自己一直有政見分歧。荀攸以為，當世能定天下者，唯曹操一人，漢室衰頹，已難以復起；而荀彧卻是一日為漢臣，終生為漢臣。荀彧比荀攸小，但輩分卻比荀攸大。為此兩人爭吵不斷，後來甚至反目成仇。荀攸這一句話，等於是表明了立場……

「那子丹他們呢？」

「子丹倒是很正常，也沒有吵鬧。」

郭嘉突然站出來，笑呵呵的說：「不過子丹他們沒吵鬧，卻鬧出了不小的動靜。他入獄之後，與張氏子侄等一共八人，同居一室。後不知怎地，居然請出孔聖人像，八個人在牢獄中互換金蘭譜，歃血為盟，結拜為異姓兄弟……許都人將此事化為美談，並稱他八人為：小八義。」

「異姓兄弟？」曹操不由得哈哈大笑，「我聽人說，千金易得，知己難求。子丹何幸，一日間竟得七位知己，幸甚，幸甚。」

說罷，曹操長嘆一聲，神情似是落寞。其實他何嘗不是在說自己？

在片刻感慨之後，曹操收拾心情，對荀彧道：「文若，此事只需依漢律而斷，無需困擾。」

說罷，他向荀攸看去。

依漢律而斷？聽上去，曹操已經給出了一個依據。可荀攸卻沒有那麼糊塗，曹操這句話模稜兩可，要推敲的意思，似乎很多，目光不由得掃向了一旁的郭嘉。

郭嘉笑了笑，朝他點點頭，而後就不再看他。

只這一笑，一點頭，已經給出了荀攸很多答案。

「依小杜律而斷，伏均等人當街毆鬥，當拘押一個月，每人杖二十。」

荀攸說罷，再次看了郭嘉一眼，見郭嘉輕輕點頭。

深吸一口氣，荀攸接著說：「曹真等人，已拘滿足月，只需每人補二十杖，即可釋放。張氏

子侄雖參與毆鬥，但身為苦主，情有可原，故免去二十杖，即刻放出；伏均在鬧市縱馬，傷人後反毆打苦主，此大罪也……」

突然間，荀攸看到郭嘉輕輕搖頭，坐在榻上，身體卻好像騎馬一樣，微微起伏，不由得一怔，但旋即省悟過來。

「傷人者，為伏均坐騎，故與伏均無關。依律，鬧市傷人，杖八十；伏均馴馬無方，罰三十金，命其閉門思過。所參與毆鬥之家將奴僕，當罰作一年，充軍苦役。伏均斷腿，與曹真無關，故其坐騎，有傷人之罪，杖八十。」

你就直說這件事沒有人出錯，出錯的就是那匹馬。

打一百六十杖……估計那匹馬也可以拿去做燒烤了！

如此判決，百姓們自然拍手稱讚，而士人們也無話可說，漢帝的臉面也可以保住……你說要我不去處罰伏均，你看，我真的沒有處罰，把他給放了！

什麼叫做綿裡藏針？荀攸這一手，就叫綿裡藏針。

不管其他人怎麼想，可荀彧卻滿足了！至少從表面上來看，主公還顧及著陛下的顏面。也就是說，主公至少現在沒有大逆不道之心。荀彧不由得輕輕點頭。

「既然沒有異議，就這麼決定！」

曹操說罷，擺手示意眾人散去，站起來就準備回內室休息。

就在這時候，卻見典韋上前一步，拱手抱拳，大聲道：「請主公留步，典韋有話要說……」

許褚很詫異，扭頭向典韋看去，在他的印象中，似這種曹操內部的會議，典韋從來不會主動說話。每次商議開始，典韋和許褚一左一右，往曹操兩邊一站，好像哼哈二將一樣的不出聲。會議結束，典韋和許褚就跟著曹操離開，從不和參與會議的人做過多交流。似他們這種禁衛，說實話也不適合與朝臣接觸。

曹操也很驚奇，停下腳步，饒有興趣的盯著典韋，圓胖臉上露出一抹笑意，他問道：「君明，有什麼事嗎？」

一雙雙眼睛都停留在典韋的身上，讓典韋有點不好意思。黑黝黝的面皮，變成了醬紫色，他扭捏著說：「主公征伐湖陽，典韋卻未能隨行，一直有些愧疚。主公當知道，典韋認識了一個鑄兵大匠。主公出征的這段時間，典韋與曹大家廢寢忘食的琢磨，終於造出了好刀。」

許褚激靈靈打了個寒顫。他也聽說了『曹大家』的事情，暗道一聲：莫非典韋要把那批刀發放到虎賁軍中？

曹操一怔，臉上笑意更濃：「曹大家？」

「就是在南陽郡，救下典韋性命的一家人。」

「哦，你這一說，我倒是想起來了……這次西里許毆鬥，張氏子侄似乎就是曹家的人……」

曹操又坐下來，笑呵呵的看著典韋。郭嘉、荀彧、荀攸等人，也紛紛回到原來的位子。

典韋用力點頭，「回稟主公，西里許毆鬥，張家子侄雖參與，但錯不在他們。張氏就是曹大家的媳婦，所以曹大家的兒子和侄兒當然不會罷休。其實這樁事很簡單，偏文若把它複雜了。」

所有的目光又向荀彧看去。

荀彧心中苦笑：這典君明，可真是什麼都說啊。

曹操哈哈大笑，「此事已經有了決斷，君明就不必再追究。好吧，說正事，你打出了什麼好刀？」

典韋拱手道：「主公，此次曹大家造刀，暗合天罡地煞之數，三個月間造出三十六支天罡刀。此刀乃應天數而造，故典韋不敢私藏，今已命人將三十六支天罡刀置放於府外，欲獻於主公。此刀經曹大家特殊鍛造，與尋常寶刀不同，每把刀重十一斤，意寓一元復始，且削鐵如泥，典韋曾在家中試過，每把刀皆可輕易斷十四劄，多一分力，就會增一分威力。」

曹操聞聽，動容了：「百日之工，竟能造三十六支寶刀嗎？」

荀彧站起來說：「啟稟主公，荀彧可保證，君明所言皆真。當日曹大家造出天罡刀時，荀彧曾登門造訪，親眼看到寶刀成型……但也就是那日，發生了西里許毆鬥之事，此後荀彧就一直忙於處理事情，所以未能再去拜訪。否則，荀彧也心動想要請曹大家造刀呢。」

曹操點點頭：「君明，把刀拿來。」

「喏！」典韋拱手，轉身離開。

曹操手指輕擊圍欄，心裡面卻思忖著另一樁事情。

一口好刀的重要性，不言而喻。對於曹操來說，如果好刀可以批量製造，就可以大幅度提升曹軍的戰鬥力。在南陽郡的時候，曹操不是沒有得到典韋造刀的消息。相反，他一直關注此事，甚至於許都每天發生的事情，他都會以最快的方式，瞭解詳細。

雖說曹汲造刀的事情被傳得沸沸揚揚，對於曹汲的身世也是眾說紛紜。但曹操並不相信，認為只是謠傳。也許，曹汲的確能造出好刀，但絕不會是什麼隱墨鉅子。

曹汲一家的身世，曹操輕而易舉的便打聽清楚。一個中陽山的匠人，因得罪了當地豪強，所以被迫背井離鄉，在這個時代，這種事情每天都在發生，包括成紀被殺的事情，曹操也聽說了……只不過曹操並沒有把此事放在心上，也沒有和曹汲聯繫在一起。

原因很簡單。成紀被殺之後，第二天便被成紀的保鏢發現，由於害怕成堯責罰，於是兩個保鏢就跑了……再加上成紀身邊的錢帛被拿走，更坐實了謀財害命的事實。

這種變故，連曹朋都沒有想到。

「仲康，聽說那小八義中，你家大頭和阿滿也在其中？」

許褚的臉騰地一下子紅了，「小孩子不懂事，褚回去之後，定嚴厲責罰。」

「責罰什麼！」曹操一副不以為然的樣子，「其實，我倒是覺得，娃娃們做得好，至少比你們這些大人們來得更爽快。我記得，你與君明之前關係不錯，當初在許家寨的時候都相互欽佩。這怎地都變得氣度狹窄起來？仲康，你自己說，從昨天到現在，你和君明說過幾句話？」

「這個……」許褚的臉更紅了，低著頭，不知如何回答。

曹操希望典韋和許褚能相互競爭，但並不希望二人反目成仇，套用一句俗話，手心手背都是肉，不管是許褚的虎衛軍，還是典韋的虎賁軍，那都是他的中軍親隨。兩個親隨鬧翻了，對曹操而言，絕非什麼好事。讓他們相互合作，又相互競爭，這才是曹操的用意。

典韋牽制著許褚，許褚牽制著典韋，兩支人馬必須保持平衡，才是正道。

「聽說，君明最近練兵，可是很用心啊。」荀攸突然笑著，開口說道。

「是嗎？」

「此次君明組建虎賁，征辟了不少幫手，連伯權也被他征辟為節從虎賁，聲勢端地不小。」

伯權，名夏侯衡，是陳留太守夏侯淵長子。

夏侯淵，字妙才，少與曹操相知，曾為曹操頂罪入獄。而且，夏侯淵與曹操的關係非常親密，他的老婆，就是曹操妻子丁夫人的妹妹，所以夏侯淵和曹操還是連襟。

夏侯衡出生不久，夏侯淵和曹操就給他定了一門娃娃親。曹操弟弟名叫曹德，當年隨曹嵩被陶謙部將張闓所殺，留下一子一女。長子曹安民，年初時隨曹操征伐宛城時戰死身亡，女兒曹會，就是夏侯衡的妻子。去年年末，曹會和夏侯衡才完婚，所以一直留在許都。

「伯權被君明征辟了？」這樁事，曹操還是頭一回聽說，不免有些驚奇。

荀彧點頭道：「還有文烈，君明將他征辟為僕射。」

文烈，名曹休，是曹操的族子，十幾歲時因家鄉戰亂，隨母親遷移荊州。後輾轉千里，回到曹操身邊，被曹操贊為：吾家千里駒。也是一個曹操極為信賴的子弟，年二十四歲，風華正茂。

曹操不禁萬分驚奇，心裡面對典韋又多了一分喜愛。

夏侯衡也好，曹休也罷，那都是曹操的自己人。

按道理說，好不容易得了領軍的機會，一般人不會把不屬於自己的人，擺放在重要位置。許褚的臉色非常難看，心裡暗自咒罵典韋，同時又不停責備自己。

郭嘉忍不住說：「君明身邊，有能人相助啊！」

他向荀彧看去，卻見荀彧面色如常，絲毫不露波瀾。

「君明請了能人？」曹操不禁好奇。

郭嘉連忙說：「便是那曹汲曹大家之婿，名叫鄧稷。本是棘陽縣佐史，因得罪了黃射而舉家隨君明來到許都。不過，若非君明心中無私，怕也不會接受鄧稷的主意……此人修的是小杜律，說起來與嘉有同門之誼。此前我與文若和此人有過幾次交道，的確是一個人才。」

曹操下意識向荀彧看去。

荀彧點頭，「此人若好生磨練，他日當能獨鎮一方。」

這個評價可是不差。獨鎮一方……那是什麼概念？也就是說，這個人將來至少能做到太守。

荀彧是個謹慎的人，能如此評價，足見鄧稷不凡。

而荀攸則蹙眉陷入沉思：鄧稷這個名字……怎地如此耳熟呢？我好像在什麼地方聽過……

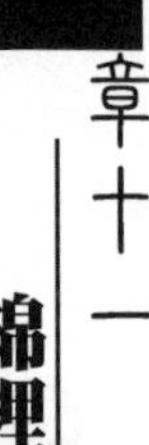

正說著，典韋一行人走進來。足足三十六人之多，每個人手中，都捧著一個長方形的錦盒，外觀極其華美。

「這就是天罡刀嗎？」

典韋躬身道：「正是！」他轉身打開一個匣子，從裡面取出一支刀來。暗紅色的刀身，長不過七十釐米，比正常的繯首刀短小許多。刀口和刀脊，都經過特殊設計，呈現出一個小小的弧形，使得這短刀更顯出幾分雄渾之氣。

「取劄甲來。」典韋一聲大喝。

幾名衛士捧來二十副劄甲，還有一張簡陋長案。

「請主公試刀。」

曹操只看那刀型，便有些心動，連忙起身，走過去從典韋手中接過天罡刀。在手裡略一掂量，正合適。劄甲疊疊起來，他上前一步，揮刀劈斬。曹操少年時，也是學過劍術的，所以這一刀劈出，頗有幾分氣勢。只聽喀嚓一聲，那天罡刀劈在劄甲上，如刀切豆腐般，直接往下咬去。

一層，兩層，三層……十六件劄甲，被曹操一分為二。

旁邊觀看的眾人，不由得連聲驚呼。

就連許褚，也忍不住大叫一聲：「好刀，好刀！」

「請諸公試刀。」

典韋說著話，命人將三十五個錦匣打開。郭嘉、荀攸、許褚等人紛紛上前，從裡面挑選出一支天罡刀。自有衛士不斷送上劄甲，眾人紛紛試刀，一個勁的發出感慨和稱讚……

郭嘉斷八副劄甲，與他力氣有關。

而許褚，直接一刀劈斷二十副劄甲，眼睛光芒閃閃。

試刀之後，眾人又檢查了一下刀口，卻發現這刀口，依舊是鋒利無比，毫無損傷。

「這是西域奇烏所造？」

典韋直笑，就是不肯回答。

許褚說：「刀是好刀，不過短小了些。」

曹操手捧一支天罡刀，翻身坐回床榻，有些愛不釋手。不得不說，這刀造的的確是精美。可以看出，造刀人對每一個細節都很重視，甚至包括刀本身的設計，也別具匠心。比如這木瓜、這弧度……

「君明，這兩條凹槽，有何用途？」曹操說的，是天罡刀上的血槽。

典韋咧開嘴笑道：「回主公，此名血槽，若刀入體內，可加速放血……也是曹大家獨門設計。」

「好，好，好！」曹操忍不住連聲稱讚。

許褚在一旁，也不由得苦笑搖頭，「君明，你可真是好福氣……」

到了這時，許褚也沒什麼話說了。心裡還要感謝典韋……如果演武之時，虎賁軍配上這種天罡刀的話，只怕自家子弟死傷會非常慘重。他娘的，這曹汲還是人嗎？怎能設計出如此好刀？就是短了些！

典韋說：「主公，此刀並非為搏殺所造，乃護身刀，儀刀。」

「哦？」

「典韋覺得，主公麾下豪勇之士甚多。有時候，封賞官職，卻不若贈與儀刀……就比如元讓和妙才，還有仲康，哪個不是身經百戰？雖戰功顯赫，卻少了份榮耀。典韋就想著，他日誰若立下大功，主公可將此刀贈與。這每把刀，暗合天上星宿之名，能獲此刀，即是一份榮耀。您看，這刀脊上，都鏤有刀銘。」

曹操心裡一動，拿起刀，仔細觀瞧。

剛才只注意了刀的質量，卻沒有留意還鏤刻刀銘。

榮耀即吾命！五個暗紅色的大篆，若不仔細看，還真不容易發現，而大篆之下，則有星宿之名。曹操手中這支刀，名為天魁。

「好，好，好，好！」曹操撫掌大笑，眼角的魚尾紋扭在一起，猶如一朵綻放的菊花：「真鉅子，真榮耀！」

如果說此前曹操對曹汲還是半信半疑的話，那麼此刻，他真有些相信，曹汲就是隱墨鉅子！

殊不知，這天罡刀的設計，正是曹朋從後世的勳章設計得來。

不過在東漢末年，勳章之類的物品未必能得被接受。於是曹朋就想到了民國時的中正劍！

那同樣也是一種榮耀，同時賜予刀劍，又能夠被世人所接受。

只看郭嘉、荀攸、許褚等人那灼熱的目光，就能夠感受到，他們對這天罡刀的榮耀，是何等嚮往。不過在這個時候，曹操是不會贈予出去。

「來人啊，把天罡刀都收起來，傳令下去，命伯權妥善保管，每日都要細心護養，不得有誤。」

演武尚未開始，典韋在曹操的心中已經得了一個滿分……

「君明，十五日之後，虎、衛演武。聽說你最近做的不錯，還需再多努力，這天孤刀，我為你保留。」

為什麼是天孤刀？

曹操就是告訴典韋：我需要你做一個孤臣，一個只需要忠於我的孤臣。他不知道典韋能否理解他的心思，但他相信，那個設計出天罡刀，說出『榮譽即吾命』的人，一定可以猜出來。

許褚等人，無不羨慕的看著典韋，而郭嘉、荀彧、荀攸幾人，則若有所思，輕輕點頭。

「對了，十五日後西苑演武，亦請曹大家同往！」曹操站起身，而後笑咪咪看著許褚，「仲康，爾亦當奮勇。」

章十二 鬼才

西里許長街毆鬥，最終在一片沉默中落下帷幕。

這件事情裡，唯一倒楣的人就是伏完。兒子被打了不說，家將們被打入軍中充作苦役，還平白損失了一匹馬，外加三十金的罰金。可即便如此，伏完也只能忍氣吞聲。

天罡刀的消息，並沒有擴散出去。但對於許褚而言，這已經成了他心裡的一根刺。曹操對典韋說的那句話，已經表明了一切。

結果是，典韋贏了！

許褚這一夜都難以平靜，第二天，典韋來和他交換宿衛，許褚的精神很差。

「仲康！」

章十二 鬼才

當典韋和許褚交接完畢，許褚準備離開的時候，突然開口喚了一聲許褚。

「俺並不想和你反目，也沒想過真要分出一個高下。你我皆為主公親信，理應精誠合作才是。阿滿和大頭的事情，希望你別責怪大頭。咱們兩個之間的事情，咱們解決就好。大頭那孩子不錯，你可不要為難他。」

許褚頓了一下，深吸一口氣。他扭頭，環眼圓睜，「君明，十四日後演武，我斷不會留情。」

「某家亦然！」

兩人相視半晌，突然咧嘴笑了。

什麼話也沒有再說，許褚大步流星離去。

他知道，他和典韋之間的這場爭鬥，這一次他輸了！不過，這第一近衛之爭，才剛剛開始。

許褚回到家中，一進門，就看見許儀正站在庭院裡，一蹚一蹚，反覆衝拳。

不過他衝拳的幅度很小，往往臂膀只伸一半。一拳、兩拳……許儀似乎完全陶醉在這種枯燥的衝拳動作中，以至於許褚走進來，他也沒有發現。有家人想要提醒，卻被許褚伸手攔住。

他就站在臺階上，好奇的看著許儀練功。

大約過了十幾分鐘，許儀頹然收手，苦笑著連連搖頭。

「父親？」許儀看到許褚，頓時露出緊張之色。

許褚一邊除去身上甲冑，一邊走下臺階，「你這一進一退的，練的又是哪門子功？」

「呃……」

「有什麼話你就直說，別吞吞吐吐。還有，別把你爹想的那麼頑固。我和君明之間的衝突，與你們這些孩子無關。我這次出征，你所做的一切，我都聽說了……主公也很稱讚你們的作為，還說你們這小八義，很有意思。」

許儀這才如釋重負的，長出了一口氣：「父親，我這次在牢裡，看八弟練的一手好拳腳。」

「八弟？」

「哦，就是我們結拜八人中的老么。爹，別看阿福年紀小，但很有見識。特別是他練了一種拳腳，威力非常剛猛。老四……就是朱贊，居然頂不住老八一拳，直接讓老八給打出去。」

許儀說的顛三倒四，許褚聽得有些糊塗，「那個阿福是……」

「就是曹大家的兒子，名叫曹朋，今年才十四歲。」

許褚眼中閃過一抹驚奇之色，臉上露出一抹笑容：「他練的是什麼拳？」

「我不知道……本來想問來著，可又不太好意思。爹，他這種拳法，真的很有趣。就是一蹬一蹬，幅度非常小。但我就是模仿不出他當時出拳的威力……連阿滿也說，阿福很厲害。」

許褚聞聽，笑了，「我剛才看你練拳，恐怕這裡面，還有一些不為人知的奧妙。你只看他練，又豈能知道真意？」

「阿滿說，阿福他們在典家塢習武，非常有趣。孩兒也想參與，不知道父親能否同意？」

許褚伸出蒲扇大手，用力揉了揉許儀的頭。

「去吧！」他笑著說：「不管怎麼說，你們都是結義金蘭的兄弟。你們那金蘭譜的序詞不是說的很好嗎？編開硯北，燭剪窗西。或筆下縱橫，或理窺堂奧。他山攻玉，聲氣相通……這很好嘛！我和你典叔父之間也沒什麼深仇大恨，不過意氣之爭，你們小輩只管交往。」

許儀喜出望外，連忙說：「多謝父親。」

「對了！」許褚好像無意識的問道：「聽說你那兄弟的姐夫，很厲害？」

許儀搖搖頭，「這個孩兒就不清楚了……孩兒倒是見過他姐夫，挺清瘦的一個人，只是少了一隻臂膀。和阿福交談的時候，也看不出什麼來，但可以感覺到，他那姐夫似乎很有學問。」

「廢話！」許褚笑道：「你那眼力，焉能分出好歹？他那姐夫可不簡單，連侍中和郭祭酒都

對他稱讚不已……我還聽說，那個人練兵也挺有一套。如果可能，你不妨隨他好好學學。你們既然對著孔聖人結拜，當知道孔聖人說過：三人行，必有我師焉。你要多學多問才是。」

許儀連忙拱手：「孩兒謹記父親教誨。」

「還有，兵法不是看書就能學會，有時間去看看，他究竟如何練兵。」

「喏！」許儀再次答應。他沒有去考慮太多，只是為父親這種態度上的轉變，而感到開懷。

和許儀說笑幾句，許褚便往內堂走。一邊走，他一邊暗自嘀咕：「君明，你雖有高人相助，可我也有個好兒子……哼，看你能耍什麼花招。」

天已大亮！

許儀神清氣爽，跨坐高頭大馬，自家中出來，直奔典家塢。

與早先那種全無防衛的景象不同，典家塢如今已加強了守衛。塢堡門口，有手持兵器的家丁把門，一個個腆胸疊肚，神采飛揚。見到許儀之後，家丁立刻上來詢問。許儀通報了姓名，那家丁似是知道許儀的來歷，立刻帶著許儀走進了塢堡。

「怎地在門外置守衛了？」

「回公子的話，前些日子總有人過來鬧騰。典中郎有些不耐，於是就命我等在這裡值守……每戶一丁，每天十戶，輪流前來。典中郎說了，值守一日，可得一升粟米。所以我們就來了。」

這些家丁，大都是塢堡附近的住戶。說起來，也算是典韋家的佃戶。只不過由於典韋只享有這些土地的收益，並無支配權限，於是就用這樣的方式招攬家丁。這些家丁的主要工作，就是看門，如果真的發生事故，塢堡中自有人出面處理。

許儀倒也能夠理解，事實上，在許儀坐牢的時候，許家也遭受到了類似的狀況。至於是什麼人派過來，大家心知肚明。當然了，那些來鬧事的人，也不敢把事情鬧得太過分。

一個黑大漢，攔住了去路。

「周壯士，這位是典滿公子和曹公子的結義兄弟，前來探望幾位公子。」

黑大漢看了一眼許儀，點點頭，往後面一指，「幾位公子今天沒有在鐵爐，你們去校場吧。」

「喏！」那家丁領著許儀離開。

許儀回頭，看了一眼高聳的院牆問道：「鐵爐是什麼地方？」

「回公子的話，那邊是曹大家造刀之所。以前曹公子他們都喜歡在那邊戲耍，不過今天不知

怎地沒有過去。昨天典中郎下令，要嚴密保護鐵爐。若在以前的話，倒也沒什麼問題。」

許儀輕輕點頭。不曉得那鐵爐中究竟藏著什麼祕密？

他一邊想，一邊走，不知不覺就來到了小校場。

家丁自行告退，許儀則邁步走進校場大門。一進門，他就愣住了！校場中有四個人，典滿站在一堆沙袋中間，騰挪閃躲，同時拳打腳踢。那沉甸甸的沙袋遊來蕩去，力道威猛，而典滿穿梭其中，不但要躲閃那些沙袋，同時還要擊打反擊，看上去頗有些狼狽。

而鄧範則站在校場一角，做出各種動作。隨著他動作的變化，口中會發出不同的古怪音符。雖然動作幅度不大，可鄧範那赤裸的身子上，汗珠子密佈，油光光，在陽光下閃閃發亮……

曹朋手裡握著一根一丈八尺長的白蠟桿，身體不住奇異扭晃。

隨著他身子的扭動，兒臂粗細的白蠟桿不斷顫抖，幻化出一個又一個的槍花。他一邊抖動，一邊和王買交談。王買聽得非常認真，不時的點點頭，還會模仿一下曹朋抖桿的動作。

「槍，是百兵之王。人常說，月棍年刀一輩子的槍，想要練出一手好槍，不但需要勤奮和努力，更要求資質。名師、天資、勤奮，缺一不可。其中，這天資極為重要，就好像夏侯，有名師，也很勤奮，但想要用好槍，卻並不容易……不過，我今天要教給你的，並不是槍術，而是教你整勁。」

說著話，曹朋一抖白蠟桿。

「想要掌握整勁，腰背之力非常重要。抖槍和滑桿，是練習的最好途徑，有事半功倍的效果。滑桿，需要把全身的勁力，透過桿頭作用於對方的桿子上，令其難以支持，並滑落觸地。這需要以腰胯為圓心，前手為支點，後手為槓桿，螺旋發力。所以練習滑桿，就必須明白源於足踩，發於腿擰，旋於胯撞，合於腰扣，行於手撐的整勁。這於你我目前來說，還有些麻煩，所以，我們今天只練抖槍。」

曹朋教導的非常認真，王買也聽得用心。兩人都沒有覺察到許儀的到來，還是鄧範看到了，叫喊了一聲：「二哥，你怎麼來了？」

這一個呼喊，立刻打斷了曹朋和王買的談話，而典滿則一個分心，被迎面飛過來的沙袋，蓬的一下子拍在身上，疼的典滿忍不住大叫一聲，摔倒在地。

曹朋笑呵呵的迎了過去：「二哥，你身上的棍傷……」

「屁的棍傷，你又不是不知道，那些行刑手都認得子丹，哪裡會真打？當時不過就是掩人耳目罷了，一點事都沒有。否則若要較真的話，二十杖下來，我和典滿這會都起不來。」

在牢獄之中，曹朋領悟了半步崩拳的奧妙，催發氣血，達到導氣入骨的水準，正式邁入易骨階段，而後經過一個月的休養，曹朋將氣血逐漸穩定下來，回到家後，便開始進一步的修練。

他開始練習整勁，以進一步增強自己的武力。原因嘛，很簡單……他有一種感覺，恐怕在許都，不會待太久了。一旦走出許都，他所面臨的將是天下英豪。在這個戰亂迭起的時代裡，若沒有一身過硬的本領，很難生存下來。

曹汲已經進入了曹操的視線，那麼早晚會站住腳跟。在歷史沒有完全改變之前，曹朋要做的就是繼續苦練本領，將來才有資本。

「二哥，你今天來，有事嗎？」

許儀笑道：「也沒什麼，就是過來看看你們在幹什麼。」

說著話，許儀下意識的把目光，停留在遠處的那些沙袋上面。曹朋和王買練的功夫，他不太明白；鄧範那八段錦，若沒有曹朋講解教導，許儀也看不出什麼端倪。可這天罡陣……許儀可是聽典滿提起過。剛才看典滿在裡面穿行，許儀的心裡面也頓時生出強烈好奇。

「這就是天罡陣？」

「怎麼，你想試試？」典滿笑呵呵的開口，只是那語氣聽上去讓人很不舒服。

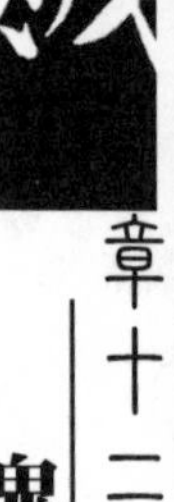

許儀一撇嘴，「阿滿，你剛才那模樣真難看。典叔父一世英名，可就要毀在你手裡了！」

小八義當中，其實也分著小團體。曹真、曹遵、朱贊三人是一夥，王買、鄧範是一夥，典滿和許儀是一夥……曹朋在這八個人當中，起的是潤滑作用。但如果硬要歸納的話，他自然是王買、鄧範一派。

可說來也奇怪，典滿、許儀關係雖好，見面卻爭吵不斷。

典滿勃然大怒，「大頭，你別囂張，有本事你現在進去走一炷香的時間，我就佩服你！」

「一炷香算得個甚。」許儀說著，脫了大袍，露出一身緊衣短打扮。

「二哥，你先別急……三哥，二哥沒走過天罡陣，你最好先把沙袋換一下，否則很容易受傷。」

「哈，阿福你太小看我了，我可不是阿滿能相提並論。今天正好，讓你見識一下你二哥的本事……阿滿，你給我讓開！我要是在裡面堅持一炷香，你可別反悔。」

「反悔是小狗！」典滿說著，便退到了旁邊。

許儀自信滿滿，邁步走進天罡陣。抬手揮出一拳，蓬的就轟在了沙袋上。

「啊！」許儀抱著手一聲慘叫。卻不想那沙袋蕩開後，又飛了回來，一下子把他砸翻在地。

典滿笑咪咪的從手上解下一層防護：「嘿嘿，還一炷香呢……我呸！」

「你耍詐！」許儀怒聲吼道：「沙袋裝的是什麼？」

「嘿嘿，是從鐵廬弄來的鐵砂。這一個沙袋，重七十二斤……老子戴著護手還覺得痛，你赤手空拳就衝上去。嘖嘖嘖，大頭啊大頭，虧你還自稱聰明，怎麼連這個都看不出來呢？」

就在這時候，校場門外走進來兩個青年，鄧稷當先，郭嘉在後。兩人一進校場，就看到典滿和許儀正臉紅脖子粗的爭吵，都愣住了。

「阿福，他們在幹嘛？」

「吵架啊！」曹朋一臉『你不會自己看』的表情，把鄧稷噎得不知道該說些什麼才好。

郭嘉笑道：「叔孫，這就是你那妻弟？」

鄧稷點點頭，「他就是阿福……哦，小八義的老么。」說著，鄧稷朝曹朋招招手，「阿福，過來一下，我來為你介紹。」

曹朋疑惑走上前，「介紹什麼？」

「呵呵，還記得咱們早先談論過曹公帳下智者的事情嗎？你當時曾對一個人非常推崇。你現在已達成心願。」

曹朋愣了一下，目光越過鄧稷，停留在郭嘉的身上：「這位是？」

郭嘉笑道：「曹小弟，承蒙你誇讚，郭奉孝可是愧不敢當。」

「你是郭嘉？」曹朋失聲叫道。

曹朋激烈的反應，把郭嘉嚇了一大跳。也許是出於自我保護的意識，他本能的向後退了一步，頗有些緊張的看著曹朋，有點發懵。

而曹朋呢，在短暫的失態之後，很快就反應過來。

他也知道自己剛才的行為有點不太妥當。可不得不說，面對郭嘉的時候，他的確是難以控制情緒。

曹魏集團中有兩個悲劇性的人物存在，一個是郭嘉，另外一個就是荀彧。荀彧身處曹營心懷漢室，一直在矛盾中掙扎。最終他選擇了漢室，使得曹操不得不下定決心賜荀彧最終一死，報效國家。

而郭嘉呢，和荀彧又不一樣。

郭嘉的祖上郭躬，雖說三代九卿，對小杜律的研究更自成一家。可到了郭嘉這一代，郭氏已經沒落。郭嘉的父親雖是一個小官，也僅止是勉強支撐門面。所以說，郭嘉對漢室的感情並不深

厚，而且他棄律法而修謀略，其真實心理，未嘗不是想要與家族過去一刀兩斷。

曹操對郭嘉有知遇之恩，所以郭嘉亦下定決心，以國士報之。只可惜，他的身體……

曹朋連忙道：「久聞郭奉孝鬼才驚世，曹朋實仰慕之。剛才一見，不免有些心神激蕩，望郭祭酒見諒。」

千穿萬穿，馬屁不穿！任郭嘉的修養再好，聞聽這等馬屁，還是感到非常舒服。清瘦的面龐，浮現出一抹羞紅，郭嘉微微一笑，「阿福卻是過獎了。」

「奉孝，我帶你去鐵爐觀看。」

「嘉卻之不恭。」

鄧稷笑呵呵的拉著郭嘉準備離去，曹朋有心跟上去，但許儀在那邊正和典滿較勁，一時也無法脫身。眼見郭嘉要走，曹朋實在是忍耐不住，突然道：「郭祭酒，要多保重身體。」

郭嘉一愣，止步回頭向曹朋看去。

「有勞曹小弟掛念，郭嘉必銘記於心。」說完，他便隨著鄧稷走了。

看著郭嘉的背影，曹朋突然伸手，打了自己一個嘴巴子：「好端端說這個作甚？」

他回過神，輕輕嘆了口氣，同時心裡面又為鄧稷感到高興。

交好郭嘉、荀彧，再加上滿寵……嗯！曹朋覺得，鄧稷身體上的殘疾已不是關鍵，關鍵在於他本身的才學。可惜鄧稷學得不是兵法謀略，也非治國安邦之術。他主修律法，有點偏頗了。

「阿福，這勞什子究竟怎麼打？」

許儀在典滿的嘲笑聲中，連續三次闖陣都沒能夠成功，忍不住大聲呼喝。

曹朋不由得笑了，示意鄧範取來一副特製的牛皮，遞給許儀。

「二哥，你得做些防護，先把它戴上，我再教你怎麼闖天罡陣……你這麼亂闖肯定不行，最好是把鐵砂換成沙袋，從頭練習。」

牛皮下面，墊著一層厚厚的布墊，大約有半釐米的厚度。寬度約有三指，長度大約一米左右，曹朋走上去，幫許儀把牛皮護墊纏繞在許儀的手上。

手指，手掌，手腕，都纏繞妥當之後，他緊了緊，用兩根細麻繩把護墊纏好，就變成了一個簡易的散打手套。

許儀活動了一下手指，發現自己的指掌並沒有受到任何影響。雖然略有些不舒服，但總體而言，似乎沒什麼大礙。不過，他越發好奇，曹朋身上，究竟藏著多少祕密？

「阿福挺有趣！」郭嘉笑著對鄧稷說道。

鄧稷有些赧然，「阿福平時挺穩重的，不曉得今天是怎麼回事，你莫要在意。」

「哈，這有什麼？他也是好意嘛？」

兩人往鐵廬走去，一邊走，一邊聊天，郭嘉突然問道：「叔孫，有沒有想過出去做事？你才學不俗，精通律法，按理說應該去大理任職。可問題是，你名聲不顯，資歷也略有不足。去大理估計也要從頭做起。熬資歷，養聲名，即便我能幫你，沒個一、二十年，也休想出頭。」

大理，又名廷尉，九卿之一，執掌刑律。古謂掌刑曰士，又曰理，漢景帝加『大』字，取天官貴人之牢曰大理之意，故而掌刑官署，又叫做大理寺。

鄧稷修刑名，專小杜律，大理寺無疑是最好的去處，但那裡面，可真的是需要熬資歷……

郭嘉道：「我倒是覺得，你在大理恐怕難有施展拳腳的機會，而且也難以做出什麼大事，倒不如出去治理一方，做出一番事業來。以你的才華，出人頭地輕而易舉。說實話，如今許都並不安寧，你留在許都的話，很容易遭人嫉恨，甚至被人陷害。」

鄧稷沉默了。從內心而言，他當然是希望留在許都，妻子曹楠懷胎已有八個月，眼見著就要分娩。而且家人妻小都在許都，生活也會輕鬆許多。但正如郭嘉所言，出去也有出去的優勢。

只是出去以後，人生地不熟……

「奉孝，你所言極是，不過有些突然，我一時間也無法決斷。況且拙荊分娩在即，我恐怕……」

「哦，我只是和你這麼一說，如果真要操作，還需要機會。我之所以這麼說，就是想讓你有個準備。不瞞你說，令岳造天罡刀，甚得主公所喜，早晚必有重用。到時候，你會有兩個選擇，或留在許都，或外出歷練。我個人覺得，外出為好。你好好考慮，以免到時倉促……」

郭嘉比鄧稷大四歲，考慮的也比鄧稷周詳。他是真把鄧稷當成同門兄弟，否則也不會說出這樣的言語。郭嘉今天說出這些話，其實也就是向鄧稷保證：你不用擔心你的前程，我可以為你舉薦……

對郭嘉這番心意，鄧稷自然萬分感激：「有勞兄長掛念，小弟必會認真思慮。」

章十三

孝廉不廉

時光飛逝，眨眼間已進入七月。

許儀每天都會來典家塢裡練武，經過一段時間的練習，他已經慢慢的掌握了天罡陣的奧妙。在裡面待的時間越來越長，漸漸和典滿相等。

鄧範呢，在經過這許久的練習之後，憑藉八段錦的功夫，一舉達到導氣入骨，邁入易骨階段。之後，他便和王買一起，隨曹朋練習抖槍，滑桿。

為了練這抖槍，曹朋著實費了一番心思。他請曹真幫忙，找遍許縣周遭方圓百里的白蠟樹。要求很嚴格，最少二十年的樹齡，而且不能有疤痕。採來這些白蠟樹以後，曹朋依照著前世老武師的教法，自行製作。前世曹朋習武的時候，老武師手裡有十幾支白蠟桿，專門用來抖槍滑桿。

曹朋也曾買過一根，長度比老武師的白蠟桿長，可份量卻遠遠比不上。

二十世紀九十年代後，由於大肆砍伐的原因，三年的白蠟桿，就已經算得上是高檔貨。一根好白蠟桿，沉重密實，表面發青，沒有一點疤痕。筆直如切，桿子頭不能比槍把細多少，發力一抖，桿身直顫，桿頭的振幅不大，卻能持久，這樣的白蠟桿，才是真正的好桿。

曹朋前世，一直希望能買來一支好白蠟桿，可惜卻未能達成心願。

而今重生三國，曹真讓人為他送來了三十棵白蠟樹，曹朋根據樹身的情況，一共造出了五十支長短不一，輕重不同，粗細各異的白蠟桿。而後又根據王買和鄧範的狀況，三人各選了一支。

曹朋易骨之後，氣力大增，白蠟桿的份量，已達到十六斤左右。王買和鄧範的白蠟杆則大約有三十多斤重，每次練完抖槍滑桿，他們渾身的骨頭架子都是痠痛，但效果卻非常明顯。

至於許儀和典滿二人只選自己喜歡的練，權當作是戲耍，好過每天枯燥的練功。各得其所，曹朋也沒有過於插手詢問……

曹真自從出了牢獄之後，就頗有些神龍見首不見尾的架勢，今兒個還在許都，第二天就有可能跑到了河南尹，第三天說不定就出現在洛陽。好在這段時間也沒什麼戰事，加之曹真又向徐晃和曹操請了一個長假，所以也沒有人去過問他的事情。

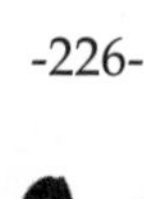

曹朋自然知道曹真在忙些什麼事情。

大約在七月初五的那天，朱贊突然上門。

「阿福，我要走了！」

曹朋一下子沒能反應過來，下意識問道：「四哥，你要去哪裡？」

「昨日元讓將軍以河南尹之名，征辟我為從事，河南尹西部督郵曹掾，任洛陽北部尉。」

「啊？」曹朋大吃一驚。

洛陽北部尉？那可是曹操創下五色棒擔任的職務。以官位而言，並不算太大，不過區區四百石俸祿而已。但洛陽是帝都，北部尉……那可是一個非常重要的位置，執掌治安等一應事務。同時，洛陽北部尉所轄區域，也是洛陽最繁華之地。

雖然說現在洛陽，和當年曹操出任洛陽北部尉時的狀況大不一樣，可畢竟是一個重要職務。

「如此說來，大哥選址北部嗎？」

朱贊點點頭，輕聲道：「洛陽北部屬繁華之所，轄洛水伊水交匯，東西商貨，盡匯於此。」

「四哥需要什麼幫助？」

朱贊笑道：「幫助倒不用！有元讓將軍在想必不成問題。另外，你六哥過些時日也要走。」

「六哥要去哪裡？」

「主公征辟了鍾元常，以侍中身分為司隸校尉之事，並持節督關中兵馬，鎮守長安地帶。大哥透過荀尚書的關係，向鍾元常舉薦了你六哥，任佐史，掌都官徒隸名冊，隨行前往長安。」

曹朋聞聽，不由得倒吸一口涼氣！

司隸校尉，舊號臥虎，是漢代監督京師和地方的監察官。如果說把大理比作後世的最高法院的話，那麼司隸校尉，就是獨立於司法機構之外的獨立檢察官。漢武帝征和四年初置，後被省去校尉，而稱司隸。東漢時，司隸校尉復起，並改秩由中兩千石，為比兩千石……

從俸祿而言，司隸校尉比西漢時降了半格，卻是因為東漢定都於洛陽的緣故。其實真實權力絲毫不減。配有屬官，更掌握著一支一千五百人的私人武裝力量，不受地方政府的節制。

曹遵竟然被調到了長安？曹真這個太子黨的能量，還真是不小啊！

同時，曹朋又感到非常驚奇。

鍾元常便是鍾繇。鍾繇出生於穎川大族鍾氏，年少時得祖父資助，舉為孝廉，曾出任尚書郎、陽陵令。後因病辭官，復又被任為廷尉正、黃門侍郎。初平三年，曹操派使者聯絡李傕、郭汜，當時李郭二人懷疑曹操的誠意，不願來往。正是鍾繇的勸說，使得李傕、郭汜與曹操交好，並使曹操得了朝廷承認。

後李傕、郭汜交兵，鍾繇策畫營救漢帝。可以說，漢帝能逃離長安，與鍾繇功不可沒。後他被任為御史中丞，建安元年遷尚書僕射、東武亭侯。說起來，鍾繇絕對是屬於保皇黨，而且還是穎川大族。

曹操任命他……莫不是表明一種向世族低頭的姿態，亦或者別有用心？

不過，這些對於曹朋而言，都顯得太過於遙遠。

剛結義不久，兄弟幾人便要各奔東西。思及起來，曹朋不免心生幾分悲戚。

朱贊笑了笑，「還有一件事，子丹今晚在毓秀樓擺酒，讓我通知你，一定要早點到……」

「是送行嗎？」

「呵呵，是，也不是。」朱贊壓低聲音，在曹朋耳邊低聲道：「曹叔父回來了，他要見你一面。」

曹叔父？曹朋先一怔，旋即反應過來，「可是諫議大夫還都？」

朱贊一笑，旋即頷首。

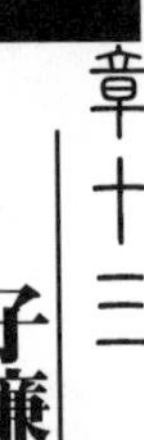

章十三 子廉不廉

皇城西有一座毓秀臺，是漢帝遷都後，祭天之地。

毓秀樓，就位於皇城西門外，在秀春門和西里許之間的大街上。由於靠近西里許，所以很熱鬧，而秀春門又臨近許都的富人區，每天從這裡路過的人不知幾許，大都是身家豐厚之人。

樓分三層，第一層是白身，多是一些富豪巨商；第二層是朝中官宦，秩六百石到一千石之間，而第三層，可直接俯瞰許都，坐在窗邊，就能看到巍峨毓秀臺。

毓秀樓之名，也因此而來。只不過第三層樓閣，非等閒人可以進入，或是世族豪門子弟，或是皇親國戚。否則的話，沒兩千石俸祿，休想在這裡用餐，那是一種身分。

天將傍晚，曹朋一行人來到毓秀樓大門前，幾名夥計連忙迎上來，牽住了轠繩。

「公子，可要用餐？」

「廢話，你毓秀樓不就是吃飯的地方，不用餐，來這裡作甚？」許儀翻身下馬，沒好氣的回答道：「曹子丹約我們前來，說是在望天閣……趕快前面帶路，休得再囉唆半句……」

夥計聞聽，陪著笑臉連連道歉。看得出，這毓秀樓的掌櫃至少懂得賓至如歸的道理，但又一想，來這裡的人非富則貴，又豈是一個小小的夥計敢來得罪？

第一層是個大廳，有不少人，但並不吵鬧。相互之間都擺放著一個小屏風，彼此不會影響。

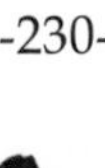

曹朋等人走進大廳，沿著一條幽靜的走廊，登上樓梯。

「能在這裡開設這麼一家酒樓，這酒樓背後，來頭恐怕不小吧。」

典滿輕聲道：「這是漢家犬的地方。」

「漢家犬？」

「你忘了？上次在鬥犬館，大頭和一個人鬥犬，本輸了他家的黑龍，是你用刀抵了過去。」

「哦！」曹朋頓時想起來了。

說實話，曹朋當初並沒有太在意劉光。因為在史書和演義裡，都沒有關於他的任何記載。他身為漢室宗親，卻未能名留青史，想來也很普通。如果不是典滿提起來，曹朋甚至已經忘了他。他不由得打量了一下毓秀樓，輕聲道：「能把偌大的酒樓打理的井井有條，這人確是不簡單。」

「哪裡是他打理，不過用他的名義罷了。」

曹朋笑了笑，沒有和典滿爭執。就算這酒樓不是劉光打理，可他能找來一個會打理的人，說明眼光也不差。只是這些道理和典滿說不清楚，於是一行人逕自走上三樓。

第三層是一個環形樓閣，共有十間雅室。望天閣，正對著秀春門，站在閣內，能欣賞到秀春門內的景色。

朱贊和曹遵已經到了，看到曹朋等人進來，立刻迎上前，「你們怎麼現在才來？」

「大哥不是還沒來嘛，急什麼？」

「大哥說，會晚一點過來。讓咱們先用飯……喏，酒菜都已經擺好了，大家都快入座吧。」說著話，朱贊朝曹朋使了個眼色。

曹朋知道，曹真已經到了。

他說過，會請曹洪來。那麼這個時候，曹真和曹洪，肯定在三樓的某一間雅室當中，只不過由於這些人極為特殊的身分，所以不好公開露面。要知道，這裡不僅僅有曹朋幾人，還有典滿和許儀。這二人同時又代表著曹營的一方勢力，曹洪肯定會小心謹慎，以免落人口實。

「大哥最近神神祕祕，整天也不見蹤影……一會他來了，可要好好的罰他，看他以後還敢遲到？」典滿大大咧咧坐下，嘴巴裡嘀嘀咕咕。

「今日聚會，只為兩位兄長都先走了一步。咱們兄弟日後可要多努力才是。二哥、三哥，你們兩個尤甚之……你看四哥，已成了北部尉。」曹朋舉杯邀酒，眾人一飲而盡。

東漢末年的酒水，濃度並不高，酒色相對有些渾濁，有點類似於後世的黃酒類型。蒸餾酒還沒有出現，所謂的烈酒，估計也就是十幾度，但後勁很大。曹朋不太習慣這種酒，只是入鄉隨

俗，也只好如此。這年月的人不好喝茶，或者說，飲茶習慣未普及，會客時多以這種酒水代替。

強忍著入口的酸澀，曹朋喝了一杯之後，放下了酒碗。

典滿疑惑問道：「彥孫，這好端端，怎麼突然想起來去洛陽呢？」

彥孫，是朱贊的表字。按說，他年紀還不到，不過由於即將出仕，所以就有了表字。

朱贊笑道：「整日裡在許都，也無甚事可做。子丹如今已當上了牙將，麾下有千人兵馬；可我呢，還一事無成。夏侯叔父去年時就有意讓我過去，只因為我性子懶散，故而推辭……經過這一次的事情，我亦需奮勇爭先。我比不得你們，論武藝，甚至連老五和阿福都不如。將來你們的成就，定會勝過我，我若不先行一步，將來豈非被你們超越？」

「我亦如此想。」曹遵一旁接了一句話。

聽起來，這道理倒是說得過去。朱贊和曹遵，是不想弱了小八義的名頭。但真實的原因，只有曹朋知道。洛陽有朱贊，長安有曹遵，雖說關中目前仍舊混亂，但早晚平靜。八百里秦川富庶天下，長安又是關中的中心，曹遵早一步過去，就早一步站穩腳跟，他日賭坊也可自洛陽西進。

曹朋再次舉杯，向曹遵和朱贊邀酒。

三人共飲一杯之後，酒席宴上的氣氛，也隨即熱烈起來。

王買和鄧範一開始還有些拘束，但在座的都是熟人，而且年紀有相差無幾。三五杯落肚之後，便放開了肚子，和典滿許儀痛快飲酒。這時候，朱贊起身，朝著曹朋點點頭，走了出去。

曹朋抓起身邊的包裹，緊隨朱贊走出望天閣。

「大哥在西頭第一間雅室，你只管過去。」

曹朋點點頭，拎著包裹走過去，在一間名為風雨亭的雅室門前停下腳步。

風雨亭，也是許都一景，位於許都城西。因一塊石頭而得名，據說這石頭能感應氣候陰晴變化，石頭上乾濕分明。若將降雨時，則石頭上濕漉漉，滾動水珠；若天晴時，則會非常乾燥。當地百姓對這塊奇石深信不疑……大約在東漢明帝年間，在風雨石的地方，建立一座亭子，就叫風雨亭。後世，風雨亭被改為張飛廟，然則風雨石隨著戰亂，已不見蹤跡。

曹朋叩擊門扉，不一會，房門開啟，曹真露出身形，曹朋朝他微微一笑，閃身走了進去。望天閣外，朱贊見曹朋進去，左右看了一眼，才轉身返回望天閣中。

風雨亭內，除曹真外，還坐著兩個人。一個一身華服，面容瘦削，臉頰彷彿刀削斧劈般，稜角分明，充滿了陽剛之氣，只是眼睛略顯得有些細長，鼻樑高挺，但鼻尖微微向內勾，使得整個人在陽剛中，又平添幾分冷峻。

「叔父，他就是曹朋。」

華服男子眼皮子耷拉著，並沒有吭聲，只端著酒水，細細品味。

曹真也不在意，旋即指著另外一個布衣男子道：「阿福，這位就是史阿史大家。」

史阿的年紀大約在三十四、五歲，膚色古銅，有些粗糙，黑黝黝的面膛，生的濃眉大眼。站起來可能還不足一七〇公分，手臂很長，手指關節寬大，但卻有修長，給人一種力的感受。

不似華服男子，史阿很客氣的站起來，拱手笑道：「史阿見過曹公子……大家二字不敢當，倒是曹大家之名，史阿如雷貫耳。說不得什麼時候，還要煩勞公子引介，麻煩曹大家一二。」

他是一個劍客，自然嗜劍如命。只是，一介布衣，哪怕史阿如今是曹丕的教習，照樣上不得檯面，更別說求一柄合適的好劍。

曹洪突然把酒杯放下，站起來：「子丹，你在胡鬧什麼？」

「叔父，此話怎講？」

「你不是說，要教我一場富貴，怎地來了個小娃娃？乳臭未乾能當什麼大事……我走了！」

很顯然，曹洪看不起曹朋。

曹真剛要阻攔，卻被曹朋一把按住胳膊。他自顧自在一張案子後坐下，把包裹放在案子上。

「史大家，這裡是一口奇烏劍，是我爹用西域奇烏打造而成。此次我爹為造天罡刀，用去了大量西域奇烏。剩下的材料，只夠打造這一口奇烏劍，原本我是準備送與曹大夫……既然曹大夫沒有興趣，那就算了……有道是英雄陪寶劍，紅粉贈佳人，這口奇烏劍就請史大家笑納。」

「奇烏劍？」史阿呼的站起身來，目光凝視曹朋身前的錦匣。

曹洪停下腳步，回身向曹朋看去。灼灼目光，猶如兩把利劍，盯著曹朋。

曹真不由得咽了口唾沫，緊張不已。

曹朋緩緩打開錦匣，劍長五尺，劍體暗紅發黑，透著一股森冷寒意。

曹朋手裡哪有奇烏，只不過是借這個名聲，用灌鋼法造出來的兵器而已。不過，這口奇烏劍打造，卻是費了些功夫。曹朋和曹真在大牢中選中了曹洪之後，便請人帶信給曹汲，託他打造一口寶劍。這口奇烏劍，也是在五天前才打造完畢。劍體和天罡刀差不多，劍脊上有奇烏劍銘。這支劍真正出彩之處，是劍鍔和劍柄，通體用黃金打造而成，金光閃閃。

就這劍柄和劍鍔，重約五斤，耗費了近二十金放提煉而成，和市面上流通的黃金不一樣，這可是足金。曹洪眼睛一亮，旋即瞇成了一條縫，轉身又坐下來。

「這支劍，真的那麼好？」史阿站起來，走到案前，拿起寶劍。他掂量了幾下，旋即揮劍斬斷案角，猶如刀切豆腐，斷口平滑，眼中登時透出喜色：「果真好劍！」

只是，他有些尷尬，因為曹洪又回來了。難不成，要和曹洪爭搶？

「史大家，此劍若在市面上，價值幾何？」

史阿說：「之前曾有人願以兩千鎰金購曹大家所造天罡刀。如今天罡刀已難以用錢財計算，所以這支奇烏劍，我估價在三千鎰之上。而且，曹大家所造神兵，市面上根本就找不到……」

曹洪眼中的精芒，更亮了。

史阿好像突然反應過來似地，轉身對曹洪道：「子廉，把這支劍，賣給我吧。」

「這個……」曹洪看了看曹朋，突然問道：「娃娃，看起來，我倒是小看了你。」

曹朋微微一笑，把錦匣拿開，下面擺放著一本用針線穿好的書冊。

「曹大夫，我所有的設想都寫在裡面。如果你有興趣的話，不妨拿去看看。別的不敢說，但我敢保證，如若開設盛世賭坊，可日進斗金。」

「哦？」曹洪眉毛挑了兩下，嘴角勾勒出一抹奇異的弧線，「小娃娃，你不怕我拿走之後，把你甩開嗎？」

這時候，史阿和曹真都屏住了呼吸，看著曹朋和曹洪兩人。

曹朋笑道：「君子愛財，取之有道；小人貪財，取之無道。就看曹大夫，願做君子，抑或小人。」

曹真忙開口道：「阿福，怎可對叔父說話，如此無禮？」

曹洪卻沒有生氣，癟了癟嘴巴，「君子如何，小人又如何？」

「人常言，君子坦蕩，小人戚戚。曹大夫願為君子，則天下財富，滾滾而來；若為小人……呵呵，世上非滿伯寧一人。」

那意思是說：如果你要做小人，我自然也找得到門路來整治你。昔日曹洪愛財，縱容賓客家奴肆意妄為，被滿寵收拾的啞口無言。

曹真可真沒有想到，曹朋的言語會如此犀利。他瞭解曹洪，清楚自家這個叔父，可不是一個心胸寬廣的人。心裡面不由得為曹朋擔憂。

曹洪凝視曹朋許久，突然間放聲大笑：「小娃娃，你好膽氣。」

「人為財死，鳥為食亡……小子也是想錢想的瘋了，故而才敢冒昧。」

曹洪笑聲戛然而止，臉上的冷峻之色旋即消失的無影無蹤。他笑起來，臉頰有兩個酒窩，如同秋日盛開的菊花燦爛：「這麼說，你我倒是可以合作一下。」

說罷，曹洪站起來，走到曹朋的案前，伸手拿起那本冊子。

「史阿，給你十天時間，準備三千鎰金，送到我府上……否則的話，這支奇烏劍還給我。」

曹朋忙起身道：「恭喜史大家。」

曹洪愛錢，那是愛到了極致，他家裡本來就很富有，偏偏養成了一毛不拔的習慣，他身上的衣甲，手裡的兵器，還有胯下的戰馬……沒一樣是他出錢購買。衣甲是戰利品，兵器是別人送的，就連他那匹馬，也是在洛陽之戰後，護送曹操返回濮陽，曹操賜予他的獎勵。

以曹朋對他的瞭解，他是個把錢穿在肋骨上，花出去一枚都心疼半天的主。對這樣的人，千萬不能示弱，你越是示弱，他氣勢就越是強盛。

「子丹，我先回去了……這件事我回去再好好琢磨。」曹洪說罷，頭也不回的大步離去。

曹真看著他的背影，不由得苦笑連連：「阿福，你看這件事……」

「大哥，你莫擔心。曹大夫這不是已經同意了嗎？」

「可他明明說……」

史阿突然插嘴，「子廉這個人，一貫如此。他不可能給你肯定的答覆，既然說琢磨，那就是答應了。否則的話，他斷然不會收了曹公子的奇烏劍。如此也好，咱們也算是各有所得。」

史阿有錢，可好劍卻難求。三千鎰，買一支好劍，對史阿來說並不困難。他徒子徒孫眾多，三教九流什麼人物都有，想湊足三千鎰出來，還真不是什麼難事……

曹真雖說是曹洪的族侄，要說瞭解，他還真比不上史阿，想了想，不由得啞然失笑。

「還以為要費多少心思，沒想到這麼簡單就解決了……阿福，看起來你比我更瞭解叔父。」

曹洪真的就是看不起曹朋嗎？也不見得！說穿了，他難道不知道曹朋年紀多大？如果真不想做，那他就不會過來。之所以剛開始拿捏，其實還是想從曹朋身上再敲出來一些利益。

畢竟，曹朋一介布衣，卻佔了兩成股份。曹洪若說心裡沒其他的想法，那才是真的怪了……

三人又說了一會話，曹朋將心裡的想法告訴了史阿。史阿也沒有異議，便答應下來，回去後會召集他的那些徒子徒孫，到洛陽集合。而後，史阿便告辭離去。

曹朋和曹真，在風雨亭中又坐了片刻，說了一會話。

「咱們過去吧……這麼久不回去，說不得二哥他們又要鬧事。」

曹真點點頭，和曹朋起身，一同走出風雨亭。就在這時候，從對面雅室裡走出來了幾個人。其中一人不小心，和曹真撞了一下。

曹真那是什麼體格，壯的好像一頭牛。對方也有些醉意，一不小心，險些坐在地上。幸好同伴將他攙扶住。
「瞎了爾的狗眼！」其中一人張口就罵。
曹真聞聽，頓時勃然大怒，「你罵誰？」
「就是罵你……走路不長眼睛，不是瞎了，又是什麼？」
曹真二話不說，上前一步便揪住了對方的衣服領子。
被撞倒的那人，這時候站穩身形，連忙開口喝止：「仲節，休得無禮，還不趕快道歉？」
曹朋也上前，拉住了曹真。
「兩位公子，請勿介懷。我這朋友吃多了酒，話語中得罪兩位，還請兩位公子勿要怪罪。」
那人年紀大約在三旬上下，相貌俊秀，舉止文雅，頗有幾分氣度。聽他的口音，不是許都口音，也不是豫州的口音，很輕，很柔，頗有幾分柔軟之韻。只不過，他身上帶著一股淡淡的腥味，不是腥臭，而是一種說不清，道不明，很怪異的味道。
曹真惡狠狠的瞪了對方一眼，鬆開手。他剛從牢獄裡出來，並不想過分招惹是非。既然對方服了軟，他也不好再過於逼迫對方，哼了一聲，轉身和曹朋離去。
曹朋與那青年笑了笑，拱了拱手，也轉過身去。

「仲節，你這是做什麼？」

曹朋聽到身後傳來那青年隱隱約約的責怪聲，「此地非是下邳，你我懷溫侯重託而來，豈能意氣用事？」

下邳？溫侯？他們是呂布的人？

曹朋激靈靈打了個寒顫，驀地轉過身，向那些人看去。

「阿福，怎麼了？站在這裡發什麼愣？」

「那些人……好像不簡單啊。」

曹真也點了點頭，「那傢伙武藝不差，剛才我揪住他衣服的時候，他明顯是在克制。不過若真打起來，未必就會吃虧……哦，好像是徐州的口音。奇怪了，徐州來的人，怎登得三層？」

呂布的名聲並不算太好，他的人按道理說，是沒有上三層的資格。

而對方又是明顯剛吃罷了酒水，難道說，是哪家豪門世族子弟嗎？

徐州豪族可不少，但曹朋瞭解卻不是太多。

曹朋道：「那個文士，好像是領頭的。觀其氣度，和他的言談舉止，應該不是普通人啊。」

「這有何難？」曹真微微一笑，「若想知道他們來歷，找酒樓的人一打聽，便可知分曉。」

章十四 宿衛之責

回到望天閣，典滿和許儀都有些喝多了。一見曹真，兩人立刻上去，一左一右把他夾在中間，二話不說，先灌了三大杯酒，才算罷休。

趁這機會，曹朋在曹遵耳邊低聲細語兩句。曹遵愣了一下後，點點頭起身便走出望天閣……

「你們兩個傢伙……」曹真被灌得有點上不來氣，見典滿許儀一旁沒心沒肺的大笑，很無奈的笑罵道：「再過兩天，典中郎和許校尉就要比武，若知道你們兩個湊在一起，豈不氣急？」

許儀連連搖晃碩大的腦袋，笑呵呵道：「我爹說了，他和典中郎是長輩間的事，和我們無關。該怎樣就怎樣，他不會生氣。典中郎也是這態度，之前還和阿滿說，不要冷了兄弟情義。」

曹真沉默片刻，嘆息一聲：「許校尉與典中郎，果然大丈夫。」

「不過，阿福你老實交代。你交給典中郎的那是什麼兵法，是不是胡鬧？」

曹朋愕然抬頭，看著許儀道：「二哥，此話怎講？」

「整天在校場裡走走停停，也不見操演陣法……那等練法，怎可能勝得了我家的虎衛呢？」

許儀有些醉了，說起話來也結結巴巴。

「虎衛很厲害嗎？」典滿頓時不樂意了，「我爹這叫、這叫……對，那勞什子成竹在胸。你不懂就別瞎說，阿福怎可能害我爹呢？阿福，你說是不是，我爹這一次，能打贏，對吧。」

典滿眼巴巴向曹朋看去，曹真也起了好奇心，向曹朋看過來。

不過這時候，曹朋肯定是站在典滿一邊，笑了笑，「二哥，你可聽說過萬眾一心嗎？」

許儀一怔，而曹真若有所思。

「我知道許叔父虎衛勇猛，我也見過許叔父的操演。我覺得，有一件事許叔父沒弄明白。」

許儀眉頭一蹙，開口就要回答。

曹朋擺擺手，制止了許儀，「二哥，你先聽我說完。我覺得，許叔父沒有看清楚自己的位子。何為宿衛？萬事以守護曹公為主，寧可死掉，也不能累主公受到傷害。宿衛，並非用以爭強鬥狠、衝鋒陷陣。典中郎正因為明白了這個道理，所以才如此操演陣型。你看那操演，或許無甚

用處，但臨戰之時，我敢保證，任憑虎衛兇猛，也休想衝過虎賁軍的陣型。」

一番話，說的許儀啞口無言。

曹真目光中，閃爍奇光：「阿福，那豈不是說，宿衛不得先登？」

「也非如此！」曹朋抿了一口酒，「宿衛先登，必須是在曹公安全，萬無一失的情況下方可。若不顧曹公安危，只顧衝鋒陷陣，那與其他兵馬有何分別？宿衛不是為了爭取榮耀，而是為了守護榮耀。在曹公安全無虞的前提下，先登陷陣，二者似乎並沒有什麼衝突吧。」

非爭取榮耀，實守護榮耀！望天閣中，突然間寂靜無聲，所有人都陷入了沉思。

虎賁自古有之，每戰先登，似已成為習俗。雖則後來虎賁守衛的職責更大，卻從沒有人把職責如此清楚的挑明。在曹朋眼中，虎賁就應該像後世的中央警衛團一樣。他們已無需爭取榮耀，因為加入其中，本身就是榮耀……這一刻，曹真突然覺得，自己好像明白了一些——那一句『榮耀即吾命』的真實含意。

曹遵從外面走進來，見眾人一副沉思模樣，愣了一下後，便恢復正常。

他在曹朋耳邊低聲說了兩句話，便走回朱贊身邊坐下。

「大哥，杜襲是誰？」

「杜襲？」曹真疑惑道：「你是說杜子緒嗎？」

曹朋可不知道杜子緒是誰。但看曹真的表情，似乎也是個了不得的人物，於是向曹遵看去。

「哦，杜子緒乃穎川定陵人，也是穎川名士。他曾祖父杜安，祖父杜根，都是本地極有名望的人，也曾顯貴於朝堂。太平道之亂時，他去了荊州，後劉景升牧守荊襄，對他也極為敬重。去年，主公在洛陽迎奉陛下，杜襲便回到老家，被委任為西鄂長……當時西鄂頗為混亂，寇賊肆虐。杜襲曾披甲持戈，率部殺敵，斬賊寇數百人。後賊寇破城，此人又收攏吏民，無人從賊。」

曹真接口：「這次主公任鍾元常司隸校尉，他專門點了杜襲，拜議郎參軍事，隨行關中。」

「這杜襲，不簡單啊！」

「當然不簡單……對了，怎麼好端端提起他來？」

曹朋道：「咱們碰到的那些人，就是杜襲的客人。之前的雅室，也是由杜襲出面安排。」

曹真眉頭一蹙，輕聲道：「這麼說來，那些人來頭不小！」

「此話怎講？」

朱贊接口說：「杜襲這個人清高自傲，所從者皆品德高潔之士。而且，他甚看重門第，若非貴人，他絕不會出面安排。你也知道，這毓秀樓的三層，可不是隨隨便便就能夠上來。」

典滿、許儀這時候都有些糊塗，而王買和鄧範更插不上嘴，只好疑惑的看著曹朋、曹真。

曹真想了想，「算了，本是個誤會，咱們也別再計較……徐州口音？我回頭再打聽一下。」

他看得出，曹朋對那些人很感興趣，所以便把這件事攬了下來。

曹朋也說：「沒錯，反正和咱們無關，今日是為四哥和六哥送行，就別再說那些無趣的事。四哥、六哥，此去洛陽、長安，小弟祝二位兄長大展鴻圖，揚咱小八義之名，請共飲此杯。」

曹真等人紛紛邀酒，朱贊和曹遵也都笑了，來者不拒，一杯杯開懷暢飲。

這一頓酒宴，直喝到了近戌時才算結束。此時，許都城門已經關閉，曹朋便帶著王買和鄧範，隨典滿回虎賁府居住。今天晚上，典韋輪值，所以不在府中，四個人都喝了不少，進房間後，便紛紛倒榻，酣然入睡。曹朋心裡有事，一時間睡不著，在床榻上翻來覆去……

他披衣而起，從廂房裡走出，漫步於虎賁府花園。

月光皎潔，灑在院中，如同披上一層輕紗，不時有夜鳥啼鳴，更平添了幾分靜謐之氣。

曹朋步入亭中，陷入沉思，實在記不清楚建安二年，發生過什麼事情。

曹朋哪怕是讀過三國演義，也無法清楚的記下，哪一年發生過什麼事情。按道理說，呂布和曹操正在敵對，似乎不可能產生什麼聯繫。偏偏這個時候徐州來人……究竟是什麼狀況？

對了，呂布是哪一年死的？

一時間，曹朋的記憶出現了一段空白。

記憶裡，官渡之戰是發生在建安五年。而呂布，是死於官渡之戰前面。也就是說，呂布最多還有兩年的壽命？不對不對，呂布不應該是建安四年被殺，因為中間好像還穿插了衣帶詔的事情。對，關二哥好像還跟隨了曹操一段時間，而後才有了斬顏良，誅文醜，千里走單騎。

那就是說，呂布死於建安三年，或者……更早一些？

突然間，曹朋感覺有什麼東西在咬他的褲腳。低頭看去，卻見一隻雪白的小兔子，不知從哪裡跑出來，蹲在他的腳邊。

曹朋彎下腰，把那小兔子抱起來。典韋府中會有兔子？不可能……典韋和典滿都不是那種很有愛心的人。你說他們吃兔子，曹朋相信；若說養兔子，曹朋是打死都不會相信。而且，兔子這種邪惡的生物，一般都是女孩子才會喜歡養吧。

可府裡哪來的女子？之前曹操曾送給典韋二十多個婢女，典韋覺得麻煩，把那些婢女都趕去塢堡，沒留在府中。

曹朋正在疑惑，忽聽遠處傳來輕弱腳步聲。

自導氣入骨，進入易骨階段之後，曹朋的聽力大幅度提高。他連忙閃身，躲到亭子後面，順著那腳步聲傳來的方向看去，就見月光下，一個朦朧的身影正飄然而來。越來越近，曹朋漸漸看得清楚，那是一個小女孩。看她的年紀，大約在十二、三歲的樣子，個頭比一般女孩子高一些，差不多也有一六〇左右的樣子。一身青黃色長裙，秀髮盤髻，紮了個倭馬髻。

「小白白，小白白……」小女孩輕聲呼喚，聲音很低，似乎是強抑住聲音。

月光如洗，曹朋看得很清楚。那小女孩也是個美人胚子，鵝蛋臉，秀眉彎彎，一雙明眸，臉頰上還有對酒窩，櫻桃小口，翹翹的小瑤鼻，五官非常精緻。此刻，她很著急地不停呼喚著。

曹朋低頭，看了看懷中的小白兔。小白？還真是妥貼！

「誒！」曹朋閃身，從涼亭後走出。

小女孩嚇了一跳，好像受驚的小兔子，連忙後退兩步，警惕的盯著曹朋。

曹朋的個頭最近長了不少，而且體型也比早先看上去壯實許多。他一身襜褕，抱著兔子，見小女孩那警惕的模樣，於是露出和藹笑容，「嘿，這是妳的嗎？」

他盡量用一種很柔和的口吻，但看得出，小女孩還是很警惕。

小腦袋小雞啄米一般，點頭。女孩沒說話，但那雙水汪汪的大眼睛，一眨一眨的看著曹朋，似乎是在哀求曹朋，把兔子還給她。

「喏，給妳！」

看小女孩這麼警惕，曹朋覺得也問不出什麼來，於是把小兔子放在了地上。

「小白白，快過來！」小女孩輕聲呼喚，那小白兔立刻飛一般，跑向小女孩。

「妳叫什麼名字，怎麼會在這裡？」曹朋見小女孩把兔子抱起來，這才開口問道。

哪知那女孩並沒有回答，抱著小兔子，撒腿就跑。

「喂！」曹朋緊走兩步，在女孩身後呼喊，可小女孩跑的更快了。

「小心點，別摔著。」

曹朋停下來，苦笑著搖搖頭，在女孩身後呼喚了一聲。心裡卻有些嘀咕：我長得很嚇人嗎？

「嗯……謝謝你，沒有吃小白白。」小女孩突然停下，對著曹朋道了聲謝，而後扭頭就走。

曹朋一臉愕然，再抬起頭時，小女孩的身影已經消失在夜色中。

曹朋也不好再追過去，因為再往裡，就是典家的內宅。天曉得典韋有沒有金屋藏嬌？曹朋雖然跟典家很熟，可有些地方還是要遵從規矩。如果和典滿一起倒也沒什麼。現在他孤身一人，往內宅裡跑的話，傳揚出去怕不太好聽……亦或者，是典韋的親戚來了？

這麼一鬧騰之後，曹朋反而顯得輕鬆了許多。

想不清楚，那就別再去想了唄……何時想清楚了，再說吧！

於是，曹朋轉身回屋睡覺。

第二天一早，典滿就跑來找曹朋練功。由於昨晚沒有睡好，所以曹朋顯得有些無精打采。一邊打著哈欠，一邊換上衣服，嘴裡還嘀嘀咕咕。

「三哥，你家來了女眷？」

典滿一愣，「我家裡哪有女眷！」

「昨天我明明看見，你家後宅裡有女人的……」

典滿頓時急了，「阿福，你可別亂說。要是被我娘知道了，我爹少不得又要吃一頓排頭！」

呃……典韋怕老婆！

說實話，曹朋很少聽典韋提起他的老婆。而且，在許都這麼久了，也沒有見典韋把老婆接過來。典夫人長什麼樣？是個什麼性子？曹朋一直很好奇。今天聽典滿說漏了嘴，曹朋好像有點明白，典韋為什麼不肯接老婆過來。

「可我真的看到，有一個小女孩。」

「你看花眼了吧？我家裡真沒有女人。你又不是不知道，之前主公送我爹那麼多女婢，我爹都不肯要，全送到塢堡那邊。你絕對是看花了眼，而且後宅裡，也沒人啊！」

「我不信！」曹朋道。

典滿氣得拉著曹朋，就往後宅走去。一走進後宅，曹朋就知道典滿沒說謊。後宅雖然看上去乾乾淨淨，好像每天都有人來打掃，但是，有沒有人住過，一眼就能看出，這裡沒有絲毫人氣。

突然間，曹朋激靈靈打了個寒顫。莫非我昨晚見的是個女鬼嗎？

前世曹朋是個堅定的無神論者。他不相信這世上真有鬼神……可他現在，穿越了，而且變成了另一個人。這種荒誕的事情，如果換做前世，他打死都不會相信。如今，卻偏偏發生了！

誰敢說這世上沒有鬼神？若沒有鬼神，那他的事情又該如何解釋？

「阿滿，回頭找個術士，做做法事吧。」

典滿疑惑道：「為什麼？」

「呃……太冷清了！你也知道，太冷清容易招惹不乾淨的東西，做做法事，求個心安。」

這後宅裡太詭異了……本來曹朋並不覺得害怕，可那女鬼的念頭一升起來，就再也無法消

失。總覺得陰風陣陣，後脊樑骨冷颼颼的，有些嚇人。但就在他轉身的剎那，突然間停了下來。

「阿福，怎麼了？」

「那裡怎麼有個小門？」曹朋指著院子一隅，一個不起眼的小月亮門問道。

典滿笑了，「哦，那邊是主公的住所。來許都的時候，主公和我爹說，在這裡開個小門，方便往來。你也知道，主公很信任我爹，以前在兗州就經常拉著我爹喝酒。」

曹朋若有所思道：「阿滿，你愛吃兔子？」

典滿一怔，「你怎麼知道？你不說我還想不起來。這一說……我可有很久沒吃過兔子了。」

「以後，別吃兔子了！」

「為什麼？」

「小心兔子精晚上找你算賬。」曹朋扭頭就走，心裡面多多少少有些了然。看她那打扮，不像是下人，那一定就是曹操的家眷了！

「阿福，等等我！」典滿連忙追上曹朋，輕聲問道：「真有兔子精？」

【曹賊　卷四　天罡三十六刀　完】

我們改寫了書的定義

董事長　王寶玲
總經理　兼　總編輯　歐綾纖
出版總監　王寶玲
印製者　和楹印刷公司

法人股東　華鴻創投、華利創投、和通國際、利通創投、創意創投、中國電視、中租迪和、仁寶電腦、台北富邦銀行、台灣工業銀行、國寶人壽、東元電機、凌陽科技(創投)、力麗集團、東捷資訊

◆台灣出版事業群　新北市中和區中山路2段366巷10號10樓
TEL：02-2248-7896
FAX：02-2248-7758

◆倉儲及物流中心　新北市中和區中山路2段366巷10號3樓
TEL：02-8245-8786
FAX：02-8245-8718

曹賊/ 庚新作. -- 初版. --新北市：
華文網，2012.01-
冊； 公分. --(狂狷文庫系列)
ISBN 978-986-271-154-5(第4冊：平裝). ----

857.7 100014664

狂狷文庫004

曹賊04-天罡三十六刀

出版者■典藏閣
作　者■庚新　繪　者■超合金叉雞飯
總編輯■歐綾纖
製作團隊■不思議工作室
郵撥帳號■50017206 采舍國際有限公司（郵撥購買，請另付一成郵資）
台灣出版中心■新北市中和區中山路2段366巷10號10樓
電　話■(02)2248-7896　傳　真■(02)2248-7758
物流中心■新北市中和區中山路2段366巷10號3樓
電　話■(02)8245-8786　傳　真■(02)8245-8718
ISBN■978-986-271-154-5
出版日期■2012年01月
全球華文國際市場總代理／采舍國際
地　址■新北市中和區中山路2段366巷10號3樓
電　話■(02)8245-8786　傳　真■(02)8245-8718
新絲路網路書店
地　址■新北市中和區中山路2段366巷10號10樓
網　址■www.silkbook.com
電　話■(02)8245-9896
傳　真■(02)8245-8819